晴明の事件帖

頼光の剣と悪霊左府

遠藤 遼

ハルキ文庫

角川春樹事務所

目次

此《こ》の晴明《せいめい》は、
家の内に人無き時は
識神《しきじん》を仕《つか》ひけるにや有りけむ、
人も無きに蔀《しとみ》上げ下す事なむ有りける。
亦《また》、門も、差す人も無かりけるに、
差されなんどなむ有りける。

（この安倍《あべの》晴明は、
家の中に誰《だれ》もいないときは、
識神〈式〉を使ったということだ。
人がいないのに蔀戸が上げ下げされたことがあったという。
また、門も、閉める人もいないのに、
閉められていたようなこともあったという。）

――『今昔物語集』

これより、
おのづから賢者の名あらはれて、
帝《みかど》よりはじめ奉りて、ことのほかに感じて、もてなされけり。
かかるにつけては、
げにも家一つ焼けんこと、
かの殿の身には数にもあらざりけんかし。

（藤原実資《ふじわらのさねすけ》は新邸が火事に遭《あ》うという出来事以降、
自然と賢人だとの名声があらわれて、
帝をはじめとし申し上げて、格別に感じ入って、賢人として処遇なさった。
このようなことにつけては、
本当に家一つ焼けるようなことは、
あの殿の身にはものの数でもなかったのだろうな。）

――『十訓抄』

第一章　小さな火も粗末にすべからず

五月雨《さみだれ》が都の音と色を地面に落とし、流していた。

空は灰色で光は鈍く、雨粒は白く、色あざやかな内裏《だいり》や大内裏の建物を無味な風景に押し込んでいるようだ。さらさらと降る雨が鴨川《かもがわ》に集まれば、ごうごうと音を立てる濁りとなる。夢のなかの景色のようにすべての輪郭がぼんやりとしていた。

とはいえ、雨はもう五日続いている。

五月雨があればこそ、飲み水にも田畑の水にも困らないのだが、長く続けば続いたで鬱《うっ》陶《とう》しい。衣裳《いしょう》が肌にまとわりつき、汗と湿気でべったりする。薫香《くんこう》をいかに用いようとも、湿気はどうしようもないし……。

雨が続けば晴れが恋しくなり、晴れが続けば水が心配になる。人間とはわがままなものなのだ。

六日目にして雨脚が弱まった。

朝方はまだ雨が残っていたが、昼頃《ごろ》にはすっかりやんで晴れてきた。

その久しぶりの青空をまぶしく思いながら、藤原実資《ふじわらのさねすけ》は牛車《ぎっしゃ》の物見《ものみ》から外を眺めていた。

「今日は暑くなりそうだな」

藤原実資。一年前には、頭中将《とうのちゅうじょう》であった。帝《みかど》の政務を補弼《ほひつ》する蔵人《くろうど》の長であり、帝回りを護《まも》る左近衛府《さこんえふ》の次官を兼任した場合の呼称である。いまは蔵人頭《くろうどのとう》を辞したので、左近《さこん》衛中将《えのちゅうじょう》のみを拝命している。位は従四位下《じゅしいのげ》。表は二藍《ふたあい》、裏は萌黄《もえぎ》の五月らしい杜若《かきつばた》の狩《かり》衣《ぎぬ》が清げであり、色白で秀麗な顔立ちには聡明《そうめい》さがにじみ出ていた。のみならず、自らの心を磨き、徳を磨かんとする求道者のような空気も漂っている。

藤原北家《ほっけ》嫡流である小野宮《おののみや》流の当主であり、小野宮実資とも呼ばれる。藤原家は大化《たいか》の改新で功を上げた中臣鎌足《なかとみのかまたり》が藤原姓を賜《たまわ》ったところから始まり、右大臣藤原不比等《ふひと》のときに四人の男兄弟たちによって四つに分かれた。すなわち、南家《なんけ》・北家・式家《しきけ》・京家《きょうけ》である。いくつかの変遷を経てもっとも確立の遅かった藤原北家がもっとも栄えるようになったのは歴史の妙というべきものだろう。

その北家の嫡流が小野宮流であったが、栄枯盛衰は時の常、九条《くじょう》流へ政治的実権は移っていった。

しかし、実資の小野宮流のみが持ち得ているものがあった。

ひとつは膨大な所領であり、いまひとつは膨大な「日記」だった。

所領は富をもたらす。豊かな土地を持てば、そのぶん多くの米やその他の税を得ることができる。これは誰《だれ》にでもわかる話だった。

だが、小野宮流を小野宮流たらしめているのは所領ではなく、「日記」のほうだった。

「日記」は富を生み出さない――普通に考えれば。

富が物質的な豊かさに限定されるなら、その通りである。

しかし、膨大な「日記」は物質的な豊かさを超えるものをもたらす。それは知識であり、教養であり、知恵だった。

国の中心は都である。都の中心は内裏であり、帝である。

帝の政《まつりごと》は内裏によって具現化され、律令に基づいて判断されていく。

律令は簡素な条文の集合体である。ゆえにあらゆる事例に当てはめるには解釈と過去の事例が必須となった。

それらのすべてが「日記」に集約されているのである。

実資の家をして「日記之家《にっきのいえ》」とも呼ばしめたゆえんだった。

膨大な富と教養の持ち主として人から後ろ指を指されないように自らを律する生き方を大切にしている実資だが、牛車の同乗者は多少違っていた。

五月雨の中休みのような日差しを眺めて感慨を漏らした実資に対して、同乗者は空を見上げて目を細めた。

「いやあ、久々の青空。目が痛くなるほどですな」

気が抜けるほどのんきな声の同乗者の名を、藤原道長《みちなが》という。先に花山《かざん》帝を落飾させて一条《いちじょう》帝を即位させた藤原兼家《かねいえ》の五男である。名実ともに国を動かしている藤原家の持つ、いかにも貴族めいた薄めの顔よりはやや彫りが深く、眉《まゆ》はしっかりとしていて表情が豊かだった。大ぶりの紋の狩衣は若々しく、よく言えばかわいげがあり、悪く言えば軽い。

「…………」

実資は黙って道長を一瞥《いちべつ》した。実際、道長はまだ若い。官位は従四位上、讃岐権守《さぬきのごんのかみ》を兼務している。実資が従四位下だから、官位としては上になったが、兼家の子としてはまだ微妙な位置づけにも見えなくもない。

「実資どの。そんな怖い顔をされなくても――」

と道長がばつの悪そうな顔をした。

実資の小野宮流が、本来の藤原家嫡流でありながら政の実権は九条流へ移っているのはすでに述べた。その九条流の一員こそ、道長であった。

とはいえ、実資に道長への妬心《としん》などはない。のちに「賢人右府《うふ》」と呼ばれる実資である。若い頃から自らの心を磨き、徳を積もうと心に誓ってきた。

だが、個人の情を超えて許すべからざることもある。

実資は頭にきているのだ。

「おぬしな――」と言いさして、実資は口を引き結ぶ。いま口を開いたら小言がひたすら続きそうだったからだ。

そうならないために、実資は道長を伴って牛車に揺られているのだ。

「……あのぉ。実資どの。どちらへ向かっているのでしょうか」

言わずもがなのことを尋ねる道長に思わず舌打ちしそうになりながらも、実資は答えてやった。

「安倍晴明《あべのせいめい》の邸《やしき》だ」

「晴明どのの？」

道長が聞き返す。何をどう思ったのか、声に喜色が混じった。

実資のため息が増える。牛車がゆっくりと止まった。

「ついたぞ」

安倍晴明の邸は左京《さきょう》北辺三坊二町にある。左京は都の東側を指す。内裏にまします帝が南面して座したときの向きから、左側を左京と呼び、右側を右京《うきょう》と呼ぶためだった。

この辺りは大内裏に近く、有力貴族や公卿《くぎょう》たちの邸宅が並ぶ。

公卿とは、参議以上の職にあるか、従三位《じゅさんみ》以上の位にある者たちのことを指す。

都の立地上、左京は水はけがよく、住むのに適しているからだった。

ただ、晴明の場合はそれだけではない。

安倍晴明は陰陽師《おんみょうじ》だからだ。

陰陽師とは、律令の上では中務省《なかつかさしょう》陰陽寮《おんようりょう》所属の役人を指す。天文を読み、暦を司《つかさど》り、時を知らせる。それによって人びとは一日、一月、一年の行動の指針とした。

そのような官僚としての陰陽師の姿は、彼らの顔の半分も表していない。

空はあくまで青く、人と獣たちと目に見えぬものたちが同じ川に水を飲みに来ていた時代である。木々の陰影は濃く、童《わらわ》らとあやしのものが共に遊んでいた時代だ。

昼には日があるが、夜には闇《やみ》がある。陰と陽はくっきり分かれ、闇は濃く、肌にまとわりつく。人も人の世も、気を抜けばそのまま闇にのみ込まれてしまうような錯覚を覚えるほどの質感を持っていた。

そのなかで、闇を退け、光の領域を増やす力が欲され、陰陽師たちがその使命を担った。平安の世とは、人間が人間以外の存在の影響をいかに受けているかが広く認知されていた時代なのだ。

陰陽師は鬼を祓《はら》う。人の生霊《いきりょう》を返す。病を生む病念を撃退する。天文がささやく運命を読み解き、暦の裏にある盛衰の相を見抜き、あらゆる事物の吉凶を判断して、吉に到る道を見つけ出す。人の心を読み、その奥なる本心を見抜いてしまうこともできた。

未来がわかる人間を顧問に置きたいとは為政者ならば誰もが考える。そこで陰陽師たちは主として帝と有力貴族たちに欲された。ゆえに彼らは帝の近侍と詔勅の番人とも言える中務省に配されているのである。

国家に養成された霊能者兼政治顧問というのが陰陽師の本当の顔だった。

そのなかで、もっとも有名な人物のひとりが安倍晴明だった。

神の如《ごと》しと言われるほどの占、十二もの神霊を「式」として自らの手足のように自在に操る力、天文の叡智を顕現させる呪《しゅ》の数々——。

それらは誰しもが頼るところであったが、実資が彼を頼るのはそのような威神力があるからだけではない。それらの人間離れした法力を超えた智慧《ちえ》をもって、自らの判断の是非を映し出す鏡と恃《たの》んでいるからだった。

晴明の邸に入ると、いつものように六合《りくごう》が出迎えてくれた。

「実資さま。道長さま。ようこそお越しくださいました」

色白の美女である。眉は美しく、まつげのたっぷりした目は切れ長。鼻梁《びりよう》と唇は少女のように可憐《かれん》だった。微笑《ほほえ》む姿は雅で、挙措に無駄がない。

そう。彼女の、絶世と形容していいほどの美貌《びぼう》が扇などに隠されず、直視できるのだ。

「やあ。六合どの。晴明はいるか」

「はい」

いまでこそなれたが、最初はどぎまぎした。後ろにいる道長はまだなれていないのか、興味津々の眼差《まなざ》しを、素知らぬ顔に無理やり押し込めながら六合をちらちらと見ている。

通常、この時代の女性ならば夫やごく親しい身内以外には素顔を見せないのだが、彼女は違っていた。そもそも身につけている衣裳が違う。女房装束と呼ばれるいわゆる十二単《ひとえ》を着ていない。若緑色の柔らかな上衣、白い裳着《もぎ》、薄い桃色の領巾《ひれ》という今日の装いは、最初にこの六合に会ったときと同じだった。いわゆる平城京《へいじょうきょう》の頃から平安京《へいあんきょう》の初めまでの衣裳である。

六合は人間ではない。陰陽師・安倍晴明がその力をもって使役している式たち——俗に十二天将と呼ばれる——のひとりが、普通の人びとの目に見える形で具現化している存在だった。

「失礼する」と断って、実資が邸に上がる。平城京の装束の、それも天女のごとき美姫に案内されていると、まるで甘樫岡《あまかしのおか》に遊びに来たような心持ちになって、俗世のしがらみのようなものが心からうっすらと剝《は》がれる感じがいつもしていた。六合の美貌に心が浮き立つからだけではなく、おそらく晴明か六合自身がある種の清めの力を持っているのだろうと気づくほどには、実資も晴明との付き合いが長くなっている。

母屋《もや》に通された。

いつも晴明が庭を眺めるためにもたれている柱を一瞥し、母屋のなかで実資がいつも座っている辺りに腰を下ろした。他の客はもちろん、六合以外の式もおらず、がらんとしている。道長も実資の近くに適当に腰を下ろした。

いま何か用意します、と言う六合に、「今日は酒は結構です」と実資が断る。

六合が楚々《そそ》とした笑みを残して簀子《すのこ》へ消えると、若い道長がやや口をへの字にした。

「わざわざ断る必要もなかったのでは」

酒のことを言っているのだ。実資は道長に白眼を向けた。

「なぜ今日、私がおぬしに話があると言ったか、まったく気づいておらぬのか」

実資とて酒は嫌いではない。それどころか、晴明と飲む酒は気が置けなくてとてもよい。

だが、今日はそれどころではないのだ。

道長が襟の辺りをかさこそと直している。

「何かこう、怒られるような気はしています」

「一応、そのくらいはわかるか」

「まあ」と道長が曖昧《あいまい》に笑った。自分がなぜ怒られようとしているのかは、わからないらしい。あるいは、思い当たることが多すぎて、下手に口を開くとあれもこれもと小言を言われる恐れがあると踏んだのか……。

実資が何か言おうとしたとき、六合が水を持ってきた。そばにはこの季節に取れる草苺《くさいちご》や山桑《やまぐわ》などがつやつやと添えられている。甘味の少ないこの時代、何よりのごちそうのひとつだった。

どうぞ、と六合が勧める。山桑の色濃く実った深紫の実に、道長の視線が吸い寄せられていたが、実資が怖いからか、自制しているようだ。

実資は実資で自制している。本当ならここに来るまでに道長を怒鳴りつけてしまいたいくらいだったのだが、そんなことをしてこの若い貴族が言うことを聞くとも思えなかった。だから、実資自身、怒りに我を忘れないような場所を探し、結果、晴明の邸を頼ったのである。

実資は山桑の実を口に含んだ。甘みを舌の上で転がしながら気分を落ち着ける。水を啜《すす》って実資はひとり呟《つぶや》いた。「さて。俺が訪ねることは伝えておいたはずなのに晴明がいないとは……しばらく待つか。いつ戻るのかは知らぬが」

そのときだった。

「ふふ。私なら最初から母屋にいるぞ」

安倍晴明その人の声だ。

実資が驚きに背を伸ばし、道長は飛び上がった。

慌てて母屋を見回すが、晴明の姿は見えない。

「あなや！」

「そう驚かなくてもよいだろう。それと、道長どのが何かおいたをしでかしたようだな？」

檜扇《ひおうぎ》の閉じる音がした。檜扇は男が笏《しゃく》の代わりに持つもので、檜《ひのき》の薄板が二十枚から三十枚程度重ねられて作られている。だが、実資も道長もいま檜扇は手にしていなかった。

檜扇の音は母屋と庭の間辺りから聞こえる。

そこにあるのは晴明がいつももたれている柱だ。誰もいない。

「ここだ。まだ気づかぬか」

晴明の声が再びした。檜扇を開けたり閉じたりするぱちぱちという音がする。

そのとき、実資はやっと気づいた。

「あ。晴明――」

白皙《はくせき》の顔立ちにかすかに微笑みを浮かべた晴明が、いつもの柱にもたれているのだ。見慣れた白い狩衣を着てあぐらをかき、手には檜扇を持ってそれをもてあそんでいる。初夏の鴨川の流れのように涼しげなさまは見間違えようがない。晴明本人だった。

「さ、さっきまでその柱には誰もいなかったのに」

と言う道長の声が震えている。

「まったくだ」と実資が、なるべく素知らぬ顔で同意してみせると、肝心の晴明が高らかに笑った。

「ははは。おぬしたちが邸に来るまえからずっと、私はこの柱のところから庭を眺めていたぞ?」

「む、む、む……」

と実資が唸《うな》っていると、晴明がこちらに首を曲げてくる。

「──母屋に来て、実資は酒を断った。道長どのは不満だったようだがな。それで、実資は道長どのに、なぜ話があると言ったかわかるかと問い、道長どのはあまりよくわかっていない様子だった。それで、実資は叱責《しっせき》のひとつもしてやりたくなったようだが六合が来たので自制し、山桑の実をひとつ口にした」

晴明がひと息にそれだけ言い切ってしまうと、実資は頭を左右に振った。

「わかったよ、晴明。おぬしは最初からその柱にいた。認める。俺と道長が母屋に来てからのことをぜんぶ知っている。六合どのがいなかったときも含めてな」

「それは上々」

晴明は檜扇をいじるのをやめた。

「わかったのだが、どういう仕組みでそうなったのかはわからぬ」

「ふふ。陰陽師とはそういうものだからな」

「教えてくれ」

「何。ごくかんたんなことさ。心を無念無想に置き、身体《からだ》もその心に留め置いた。これを隠行《おんぎょう》という」

道長が難しい顔で「おんぎょう……」と繰り返している。

「人は常に何かを思っている。今日の糧のことだったり、これからの身の振り方だったり、女のことだったり、過去の恨みつらみだったり、あるいはいかにして世のため人のために生きるかという志だったりする。しかるにあやしのものや鬼どもはこの世に生きる肉体を持っていない。ならばやつらはどうやってわれらを探すか？」

「……臭いとかでしょうか」と道長があてずっぽうに答える。

「まあ、臭いもあるかもしれぬが、それは主としてわれらのほうが感じるものかもしれませんな。悪鬼どもがやってくると、独特の腐臭がすることがあるので」

「腐臭……」

「悪鬼やあやしのものの類《たぐい》はすでにこの世ならざるものども。つまりはこの身体を持っていない。鼻もなければ目もない。ではどうすれば鬼や物の怪《け》は人間を見つけられるか」

実資が髭《ひげ》のない顎《あご》をなでながら、「その者の心を観《み》るのか」

ただの思いつきで答えてみたのだが、晴明が笑う。

「そうだ。さすが日記之家の当主。人間は死んでも心は残る。心は目に見えぬもの。でなければ、あやしのものから生霊の類まで身体を持たぬ者たちが思いを持つのが説明できないからな」

「そうだな……」

「ゆえにその心の発する思いを観て――あるいは嗅《か》ぎ分けて――あやしのものたちは引き寄せられてくる。怒りや憎しみや嫉妬《しっと》や色欲など、自らの心の発する思いと同じような人間のところへやってくる」

「薄気味悪い話だな」

「向こうから見れば同じ思いを発する仲間に見えているだろうな。だから取り憑《つ》くし、場合によっては新入りをかわいがるように耳元でいろいろささやいてくれる」

「勘弁してほしいな」

「ゆえに無念無想——何も思わない、心に何も思い浮かべないとなれば、あやしのものたちからは姿が見えなくなるのだよ」

「何となく理屈はわかった」やれと言われたら、多分できないだろうというのも実資にはわかったが、それはいまさら言うまでもないから言わない。「だがそれをいまやっていたのはなぜだ」

「心の修行の原点であり奥義だからさ」

「ふむ？」

「御仏《みほとけ》の禅定《ぜんじょう》の深さは人知の及ばざるほどに深く、近くに雷が落ちても気づかないほどだったという。私は到底そこまで及ばぬが、自らの思いを止めることで、自らが本当は何を考え、他のものの考えに翻弄されていないかがわかる」

道長が難しい顔をしている。「あのぉ。それと、私たちが晴明どのに気づかなかったのとはどのような関係が……？」

晴明が小さく笑いながら、草苺の実を摘まんだ。

「先ほど、私はこの無念無想の行を隠行と呼びました。これは陰陽師の立場の呼び名です。無念無想を突き詰めることで物の怪どもから姿を隠すのみならず、この身このままにして生きている人間からも姿が見えないに等しくなるのですよ」

道長が複雑な表情をする。この身このままにして姿をくらます。否定したいと顔に書かれているが、現実にいま道長は晴明の「隠行」を見破れなかったのは事実だ。それは実資も同じだった。

さりげなく草苺をひとつ摘まんだ道長を横目で見ながら、実資が話題を変える。

「おぬしの隠行のように隠しおおせぬのが人の世の悪事。それどころか、これ以上ないほどにおおっぴらにしでかしてくれた男がいてな」

「ふふ。それが道長どのだと？」晴明が苦笑を浮かべた。

そうだ、と答える実資の横で道長がややばつが悪そうにうつむく。

すっきりと明るく暑い五月の晴れ空の下、実資は苦々しくしゃべりはじめた。

「晴明もすでに知っているかもしれぬが……」

先日のこと。道長が暴力事件を起こしたのである。

道長は藤原北家九条流の一員であることはすでに述べた。いわゆる摂関家《せっかん》である。

となれば、いろいろな人間が近寄りもし、煙たがりもする。

道長はよく言えば鷹揚《おうよう》、悪く言えば態度が大きいところがあった反面、自分を頼ってきたものはなるべく庇護《ひご》してやりたいという気持ちを持っていた。それは、貴族らしからぬ、どこか義侠心《ぎきょうしん》めいたものとも言えた。

だから道長は、自分の父が有名になり、ついでに自分も有名になっていくことで近寄ってくる者たちにはなるべく力になろうとした反面、自分と距離を置いた者にはそれ相応の対応をするようになっていた。

そんな道長の友人に某《なにがし》という男がいた。大学寮《だいがくりょう》に所属する下級官人の男だ。この場合の下級官人とは貴族ではないという意味を含む。貴族とは五位以上の位階を持つ官人を指したから、この某は五位未満だったことになる。

そもそも藤原家をはじめとした氏族たちで貴族は独占されている。某がわずかばかりでも出世するには、血筋によらず、大学寮での働きに賭《か》けるしかなかった。

ところで、大学寮とは式部省《しきぶのしょう》に管轄される官人の教育機関である。律令制の明日を支える人材を教育によって輩出するのだから、学問があって優秀な人材を育てるための考課《こうか》と呼ばれる試験が定期的にあった。

先ほどの某も大学寮から官僚への道を目指そうとしたのだが、どうも頭が良くなかったらしい。二年、試験に落ちた。そこで最近目立ってきた道長を頼った。

「お願いです、道長さま。どうすれば次の考課を突破できるのでしょうか」

「それは、おぬし……学問に励むしかあるまい」

泣きつかれた道長は困った。

某ははらはらと涙をこぼしたそうだ。

「年老いた母に、腹いっぱいの米の飯を食わせてやりたいのです。道長さま。今回だけでいいのです。次回は自分でがんばります。どうすれば……」

そんなことを言われてしまうと、困ったを通り越して何かをせずにはおれなくなってしまった。

ここまでなら話はわかる。

実資とて、そんなふうに頼られれば骨を折ろうというものだった。良い学問の師を見つけてくるとか、家人《けにん》のなかで大学寮の試験に詳しい者をつけてやるとか。場合によっては、実資自身が学問を見てやってもいい。

ところが、道長はまったく予想もしない方向で――少なくとも実資には予想し得なかった手段を用いて――某への協力をもくろんだのである。

「式部少輔《しきぶのしょう》どのはおられるか」

道長は、文官の人事や教育を司る式部省の次官を訪ねたのである。

何用でしょうか、と緋色《ひいろ》の束帯姿の男が出てきた。式部少輔だった。律令により、臣下の装束の色は定められている。式部少輔は従五位下ゆえに緋色なのである。

その式部少輔を呼び出した道長は、ひと通りの挨拶《あいさつ》とともに「お勤めご苦労さまです」と愛想笑いのひとつも浮かべると、その場はそれで下がった。

その翌日。

大内裏の東、待賢門《たいけんもん》で道長は牛車に乗って人を待っていた。慣例として、大内裏では牛車は使えない。だが、貴族は都では牛車を使うものとされていたから、大内裏から下がるときには牛車に乗り込む必要があった。ゆえに、大抵の貴族には必ず待賢門にいれば会うことができる道理だった。

道長の目当ての人物は、昨日訪ねた式部少輔である。

何も知らぬ式部少輔が、大内裏の南、応天門《おうてんもん》と朱雀門《すざくもん》の東側にある式部省から出てきた。

式部少輔が牛車に乗り込もうとするところで、突然、道長が家人たちに命じたのである。

「あやつを捕らえよ」

家人が目をむいた。冗談とでも思ったのか、道長を振り返る。道長は冷めた表情のまま繰り返した。あやつを捕らえよ。

そうは言っても相手は官司の次官。堂々たる貴族である。

家人たちは「主人・道長がお送りしますゆえ」と冷や汗をかきながら、式部少輔の身を道長のまえに座らせた。

いい迷惑なのは式部少輔のほうである。道長が送ってくれるというから乗り込んだ牛車には、片膝《かたひざ》を立てて閉じたままの檜扇を持った道長がにこりともせずに待ち構えていたのだから。

「道長どの……？」

牛車が動き出した。

様子がおかしい、と気づいたような式部少輔だったが、もはやどうしようもない。

道長がため息をついた。

「式部少輔どの。ひとつ内緒の願いがあって当方の牛車にお越しいただいた」

「はあ」

道長は悪びれることなく言った。

「今度の大学寮の考課の問いと答えを教えていただきたい」

式部少輔は仰天した。

「何を言っているのですか」

牛車を雨粒のたたく音がする。また五月雨が降り始めたようだ。

「ダメか」

「無論のことです」

道長は首の後ろをかいた。

「そうだろうな。うん。私もさすがに虫が良すぎると思ったのだ。それではどうだろう。

ある人物の考課の結果がどうあれ、そやつを合格させてはくれまいか」

式部少輔は再び仰天した。

「あなや」

「そやつひとりでいいんだ。おぬしは少輔であろう。おぬしがさらりとそやつを合格にしても、誰も気づかないしあやしみもしないだろう。力を貸してくれまいか」

式部少輔は従五位下相当である。従四位上である道長より下だった。

しかし、式部少輔は道長の提案を断った。

「天知る、神知る、我知る、子《し》知る――『後漢書』にある言葉です。誰にも知られないように見えても必ず悪事は露見します。真面目《まじめ》に学問に取り組んでいる者たちが馬鹿を見るようなことはしてはなりません。何より、そのようにして合格を手にしても、その本人があとでもっとも良心の呵責《かしやく》に苦しむでしょう」

「どうしてもダメか」

「こればかりは。そもそもこのお役目は帝よりいただいたものでありますれば」

牛車は道長の邸へ向かっている。

雨音は強くなっていた。

道長は渋い顔をしている。車を止めろ、と道長が声をかけた。前簾《まえすだれ》を開けると、式部少輔を下ろす。

「もう少し私の邸で話をしましょう」

「道長どの。私の牛車は」

「帰ったのではないですか。どうぞ、わが邸まで歩いてください」

そう言って道長は五月雨のなか、式部少輔を歩かせたのである。

貴族たるもの、牛車を使うのが普通であり、たとえ罪人となったとしても貴族ならばそのように扱われるべきとされていた。道長はそれを平然と破り、真面目に働いているだけの式部少輔に圧力をかけたのである。

雨に濡《ぬ》れそぼった式部少輔が、青白い顔で道長の邸までの道を歩かされている。

その周りには道長の家人たちがつかず離れず取り囲んでいた。

最初こそ式部少輔は道長の家人たちに説明を求めたが、家人たちこそ道長に説明してほしいくらいである。

灰白色の空から五月雨が降るなか、家人たちの軽装に混じって、式部少輔の緋色の束帯が場違いなほどに目立つ。行き交う牛車からたっぷりと好奇の矢を浴びた。

結局、緋色の束帯があまりにも目立ったために、道長の暴挙はすぐに父の兼家の耳に届き、兼家の激怒とともに式部少輔は解放された。

この事件は当然、内裏で噂《うわさ》となって実資の耳に届く。実資は強めのめまいと共に、道長に一言言うべく、彼を伴って晴明の邸へ来たのだった。

実資の話が終わる頃には、道長は一応は反省の色を浮かべてうつむいて見せている。日陰の石の上をのっそりとかたつむりが歩いていた。

実資が道長を一瞥する。

「付け加えることはあるか」

と低い声で尋ねれば、道長は恐縮したていを見せた。

「おっしゃる通りでございます」

晴明は右頰《みぎほお》を持ち上げる。

「そんな珍事があったと騰蛇《とうだ》から聞いたような気がする」

騰蛇とは晴明の十二天将のひとり、つまり式である。晴明が著したとされる『占事略決《せんじりゃくけつ》』においては、十二天将の説明は「前一騰蚍火神家在巳主驚恐怖畏凶将」と、まず騰蛇から始まる。火神であり、夏の陰を司る凶将とされていた。

晴明が手足として使っている騰蛇は、精悍《せいかん》な若者の姿を取って現れることが多い。同じく式である六合が平城の頃の衣裳を身につけるように、騰蛇も平城の頃の武官の装束を纏《まと》っていた。ただし、色だけは燃える炎のように赤いのが当時の律令にはない。

「騰蛇どのは内裏の噂も拾ってくるのか」と実資が感心した。

「もちろんだ。そうでなければ陰陽師というものは務まらぬからな。騰蛇はあの通り、好奇心旺盛《おうせい》だから、うってつけというものさ」

晴明がそう笑うと、誰もいない簀子の辺りから「場合によっては内裏を侵そうとした邪鬼の一匹も粉砕してくる。ついでだけどな」とよく通る男の声がする。これは晴明が見せた隠行ではない。騰蛇が実体化を解いて姿を見せないままに話しかけてきているのだ。

騰蛇の声を聞いた六合が胡乱《うろん》げな目つきになる。六合は平和や調和を司る存在であり、木神。陰陽では陰だが春の吉将で、騰蛇とはそもそも反発し合う性質を持っていた。

もっともふたりとも晴明には一も二もなく臣従している。

晴明という男の底知れぬところだった。

姿を見せぬ騰蛇にも、絶世の美姫の六合の舌打ちも、晴明の底知れぬ微笑も、実資はなれてきている。

「知っていたなら話は早い。この件、いくら何でもあまりの事件だ。俺としてはいますぐ怒鳴りつけてやりたいのだが、そうしたところでこやつには効きそうにない」

「それで、少しでも落ち着いて話をしたいと思って私の邸に来たか」

ずばり指摘されて、実資が邸に来て初めて苦笑した。

「はは。まあ、そんなところだ。よくわかったな」

「陰陽師とはそういうものさ」

実資が道長に向き直る。

「父上には絞られたか」

「はい」

「反省したか」

「はい……」

「どのように反省したか」

「……やってはいけないことだったなぁ、と」

実資のこめかみが震えた。

「どこから手をつけていいのかわからない」

「はあ」

「はあ、じゃない！」実資はぴしゃりと言い切った。「おぬしは自分を何だと思っている」

「…………」

「まさかとは思うが、自分を偉いとか一角の人物だとか思っているのではあるまいな」

「いや……」

と道長がうつむいたまま口ごもる。

「おぬしが官位と所領を拝領したのはおぬしの力か」

「違います」

「父である兼家どのの力であり、さらには父祖の血脈のおかげであろう。少なくとも周りはそう見ている。何しろおぬしはまだ何の仕事もしていないのだからな。そのおぬしが、わずかばかりの官位の優越を笠《かさ》に着て自らの要求をねじ込もうとするとは何事か」

「申し訳ございません」

「もうおぬしはただの貴族の五男という勝手のできる身分ではないのだ。おぬしの父である兼家どのが、前《さき》の帝――花山帝――を落飾して出家せしめ、今上帝を即位させた寛和《かんな》の変からあとは、おぬしはただの『藤原道長』ではない。『摂関家の藤原道長』なのだ」

「わかっております。だからこそ、某も私を頼ってくれて」

「わかっておらぬ」と実資が遮る。「おぬしの振る舞いはすべて摂関家の振る舞いとなる。さらに言えばおぬしの振る舞いは、すべておぬしの家の家人や女房たちも真似《まね》することになる。摂関家として力がついてきたらこのようなこともしてかまわぬらしいと家人や女房たちが考えるからだ。そのような公《おおやけ》の心得があったか」

道長が顔をしかめてうつむいていた。

晴明が相変わらず涼やかな苦笑を浮かべたまま、言葉を添える。

「われわれもそうだが、上の者が何を考えているか、どんな性格なのか、どんな欠点を持っているかは、三日もあれば見抜いてしまうもの。ところが目下の者たちとなると、彼らが何を考え、何に喜び、何に怒りを覚えるかは三年経《た》ってもわからないものだからな」

そう言っている晴明の目は、決して笑っていない。笑っていない晴明の目は、なかなかに肝が冷える。もともとは自分だけでは道長をひたすら責めるばかりでなかなか言うことを聞かないだろうから、実資自身が自分を律するためにも晴明という第三者に立ち会ってもらおうと思って晴明の邸に連れてきたのだが、自分が喉《のど》を嗄《か》らして怒鳴り続けるよりも、よほどに道長にも堪《こた》えるだろう。実資は道長をここに連れてきてよかったと思った。

「はい……」

道長が蚊の鳴くような声で返事をする。

実資は少し柔らかい声色にした。

「おぬし、このままで終わるつもりか」

「え?」

「従四位上で終わるつもりかと聞いている。たしかにいま、俺は従四位下でおぬしよりわずかに劣る。しかし俺は頭中将——帝を補弼する蔵人の取りまとめである蔵人頭と、左近衛府の次官である左近衛府中将を兼ねた官職をいただいていた。寛和の変で多少まごついているものの、慣例で、頭中将を務めた人物は参議になる」

道長が唇を嚙《か》む。

参議は四位以上の位階を持つ貴族から才ある者が選ばれ、朝政に参画する。相当する官位はないから従四位下のままというのもありえるが、公卿を名乗ることが許された。実際には頭中将でなく、蔵人頭のみの経験でも任官されることがあったし、近衛府中将を長年勤めた人物も同様だったが、頭中将経験者ともなれば何かの折りに参議となり、公卿となるのはそれこそ時間の問題だった。

実資はこれまで、円融《えんゆう》帝、花山帝と二代の御代《みよ》で蔵人頭を勤めている。これは実資が日記之家の当主として、当代一の知識人教養人たるべく自らを磨き、その結果、いかに帝に重く用いられてきたかを示しているが、花山帝を巡る政変が落ち着けば、三たび、頭中将にという声が出てくるかもしれない。となれば、次の参議候補の最有力は確定だ。欠員が出ればすぐに参議となる宣旨《せんじ》が下るだろう。

ところが道長はそうではない。位はついたし所領も手にしたが、次が約束されているわけではないのだ。

「私とて、明日の大望を抱いています」

「ならば、いま身を慎むことを覚えよ。人間はそんなに器用ではない。位人臣を極めたときに初めて聖人のように振る舞おうと思っても難しい。また立身出世の途上で、必ず過去があげつらわれる。そのときに『なるほど、これまでかかる有様に自らを修めてきたから、今日は一角の人物となったのだな』と周りが感心するようでなければいけないだろう」

将来を期するからこそ若いときから身を慎んで静かに先を急げ、と実資は言っているのだった。なかなか難しいことである。将来を期するというが、本当に将来ものになるかは誰にもわからない。若い頃にまったくの真面目一辺倒で生きてきて、結局、出世もせずに人生の夕暮れを迎えれば、徒労だった、もっとおもしろおかしい生き方があったのではないかと後悔するかもしれない。だが、本朝のみならず、唐の歴史をひもといてみても、そのような人生に後悔しない人物をこそ、青史は待っているとも言えた。

実資の言葉を受けて、道長の目つきが少し変わった。道長は青史への大望を持っている側の人物なのだろう。大望があるからと言ってかなうほど安易なものではないが、大望に惹《ひ》かれるものでなければ大望の側でもその男に惹かれはしない。

「実資どののおっしゃること、わかります」

「ほんとうか？」

念押ししたのは、実資なりに道長を理解しているからだ。この程度の説教で平伏するほど、緩い性格ではない。

はたして、道長はこんなことを言った。

「わかりますが、自分を頼ってくれた者の願いも果たさねばなりますまい」

全然わかっていないようだ。

「おぬし、それは卑怯《ひきょう》だぞ」

道長の顔に怒気が浮かんだ。

「何とおっしゃいますか」

「卑怯だと言ったのだ。俺が咎《とが》めているのはおぬしの愚行であって、某という男の願いをどうこう言っているのではない。自分の愚行を他人のせいにするな」

「………」

実資の声が鋭くなり、それにつられて道長もまた表情をこわばらせると、晴明が口を挟んだ。

「道長どの。その男の願いをかなえてやりたいなら、その男に学問をつけるほうが大事だったでしょう。仮に今回の企《たくら》みがうまくいって、その某が今回の考課に通ったとしましょう。しかし、大学寮ではずっと考課が続きます。そのたびに道長どのは式部少輔を締め上げるのですか」

「いや、そのようなことは――」

「今回の件で某を合格させたとしても、周りは学問をみっちりやっている者ばかり。自力で考課を突破できなかった某とやらが伍《ご》することができると考えるのは、なかなか厳しいでしょう」

「ううむ……」

「その某はますます落ちこぼれ、いま以上の苦境に立つかもしれません」

道長が苦い顔で額をさすっている。

「ではどうすればよかったのですか」

「だから、先ほども言ったように本人にさらなる精進をさせれば――」

と実資が言いかけたときだった。

邸の門のほうから、訪《おとな》いを告げる男の声が聞こえてきた。よく透る声だ。

誰だろうか、と思って門のほうに目を向けたが、その目の端で道長の表情がかすかに動くのが見えた。

しばらくして簀子を渡ってくる足音が聞こえた。足音はふたつ。さらさらと流れるような静かな音は六合のもの。もうひとつは静かだがしっかりと踏みしめながら歩を進めてくるような足音だ。並の貴族ではないな、と実資が思っていると、そちらの足音は母屋の少し向こうで止まった。

六合が告げる。

「主《あるじ》さま。春宮権《とうぐうのごんの》大進《たいじょう》 源《みなもとの》頼光《らいこう》さまがお見えです」

春宮《とうぐう》とは東宮のことで、皇太子である居貞《おきさだ》親王を指すが、実資も晴明も強い関係はない。

実資は思わず晴明を振り返った。晴明が苦笑する。

「六合がここまで案内したのだ。意味があるのだろう。お入りいただけ」

その言葉に、六合が横を向いて、促した。

「失礼します」と先ほど聞こえたのと同じ男の声がする。よい声だ、と実資は思った。一筋に生きている人物特有の、裏表のない誠実さが感じられる。

その声の通りの風体が母屋に入ってきた。

精悍な男である。だが、螣蛇のような明るさを伴った雰囲気ではなく、厳格で、成熟した男の顔つきをしていた。

「春宮権大進を仰せつかっています源頼光と申します」

大柄なのに折り目正しく洗練された涼やかで匂《にお》うような男ぶりである。

晴明や実資が名乗るまえに、道長が口を開いた。

「頼光。よくここがわかったな」

道長がごく親しげに声をかけたときだ。

不意に頼光の眼光が鋭くなった。ごめん、と軽く頭を下げると頼光は立ち上がる。

次の瞬間。

頼光が雷のようにすばやく動いた。彼の手が道長の衣裳を摑《つか》む。

道長の身体が宙を舞った。そのまま母屋の床を激しく打つ。

気づけば道長をまたいだ頼光が、拳《こぶし》を固めて道長を睨《にら》みつけていた。

「式部少輔への乱暴。わが耳にも入った。帝と家の名を汚すような真似は二度としないと疾《と》く誓え」

あっという間の出来事とはこのことで、実資も晴明も——六合や、姿をくらましている螣蛇でさえ——何もできなかった。

「わ、わかった。もう、しない……」

「まことか⁉」

道長が真っ青な顔で何度も頷《うなず》いている。

頼光は何事もなかったかのように、もとの場所に腰を下ろした。

これには、実資はもちろん晴明までも驚きを禁じえないで目を見張っている。

かさかさと衣裳を直した道長が、何食わぬ顔で話をし始めた。

「あらためて源頼光どのだ。おふたりとは、例の呪のかけられた瓜《うり》の一件以来かな。いまではすっかり私の友人だ」

「友人？」実資は左眉を思い切り歪《ゆが》めた。「だいぶ年齢が違うではないか」

「頼光どののほうが十八歳年上です。けれども、知り合いというほどよそよそしい仲でもないし」

実資は頼光を振り返った。

「そうですな」と頼光。

つい先ほど、道長――これでも摂関家の一員である――を投げ飛ばしたとも思えぬ悠然とした表情だ。肝が据わっている。

源頼光は清和《せいわ》源氏《げんじ》の三代目だった。血筋を四代遡《さかのぼ》れば、清和帝に行き着く。父は鎮守《ちんじゅ》府《ふ》将軍・源満仲《みつなか》であり、母は嵯峨《さが》源氏の血筋を引く源俊《すぐる》の娘。父の満仲が武士団を作った摂津国多田《せっつのくにただ》を継承したため、のちに頼光の流れは摂津源氏と呼ばれる。

先に述べたように現在は皇太子の御所の内政を司る春宮権大進である。すでに前任者がいたため、正規員数を超えた権官であるが、血筋と実力の両面で申し分ない働きをしているだろうというのは、道長に問答無用で物事の是非をたたき込んだ姿でも窺《うかが》い知れた。今日は参内しなかったのか、それとも一度着替えてからやってきたのか、動きやすい狩衣姿だが、それすらも頼光の落ち着いた精強さを強調するかのようだ。帝の血筋の優美さと武人としての潔さが不思議な融合をしていた。

「道長の友人、ですか」と実資が改めて問うようにする。

「なぜか道長どのに気に入られまして」

すると道長が笑った。

「はっはっは。さっきみたいに私が間違っているときは、力尽《ちからず》くでも教えてくれる。そこが気に入ったのですよ」

実資は何だか疲れを感じた。

「それならば、次回からはおぬしに何か言い聞かせたいときには頼光どのを頼るとしよう。投げ飛ばすなり蹴《け》りつけるなり、はたまた清水寺《きよみずでら》から突き落とすなり、何でもしてもらう」

「それでは私は死んでしまいます」

それから程なくして、頼光は座を立った。道長も一緒の牛車で帰りたいと退出する。

ふたりが帰ってしまうと、実資はあらためて水を飲み、残っていた草苺を食べた。

「結局、騒がしくなってしまって申し訳なかった」

と実資が謝ると、晴明は典雅に微笑んだ。

「それほどでもないさ。それに、源頼光どのをこのような形で再び間近で見られたのはよかった」

「そうか」

晴明は静かに頷いた。「やはり強いな」

「たしかに現在の源氏武士団のなかでも白眉《はくび》だと思うが、おぬしが言っているのは単なる武術の話ではないのだろ？」

晴明がにっこり笑った。

「その通りだ。日記之家の当主はやはり鋭い」

「おだてないでくれ。俺も頼光どのの一喝を見たのは初めてだが、背筋の伸びるものは感じたからな」

晴明も水をひと口飲む。

「武士たちも力を増して来つつある。それは構わぬのだが、なかには強靭《きょうじん》な身体や腕力こそ強さだと思っている者もいる。それはそれで強さのひとつだが、腕力が強さなら大抵の人より熊のほうが強いだろう。では熊のほうが人より優れているのかと言えば」

「そんなことはないよな」と実資はため息をついた。「何となく思い当たる人物がいる。まったく。御仏は亡くなるときは老いていたし、毒キノコ料理にあたって入滅したという。では釈迦《しゃか》大如来《だいにょらい》は弱かったのかと言えば、そんなことはない」

御仏の像はいずれも柔和である。その柔和さは不動心と平静心であり、一切の悪に打ち勝つ精進と智慧の力による禅定力の姿だ。御仏の示すほんとうの強さとは、己の心を統御し尽くす強さなのである。

そういうことだ、と晴明は実資に同意した。

「あの立ち居振る舞いや雰囲気。ただ鍛えているだけではない。心を十二分に練り上げることを心得ているのだろう」

「ふむ」

「清和源氏の三代目の矜持《きょうじ》、父の満仲どのの名を辱めてはならないという自戒、何より他人より武に秀でているがゆえにその力を見せびらかすのではなく正しく用いねばならないという思い。それらをまとめて、自ら公人の自覚で一日一日を生きているのだろうな」

「俺もそう思う。でなければ、あの道長が投げ飛ばされたくらいでやすやすと言うことを聞くものか」

実資と晴明は声を上げて笑った。

西日になってきた。今日はもう降らないようだ。

「それにしても、実資も人がよいな」

「何がだ」

「道長どのの暴挙にわざわざ説教してやるところさ」

実資は苦笑した。

「あやつはまだ若い。粗略なところもあるが、うまく化ければ意外に人物になるやもしれぬと思ってな」

「道長どのを買っているのだな」

「まだ海のものとも山のものともつかないが……それでも道長のそばに頼光どののような人物がおられるのなら、心強い」

晴明はふと視線を庭に向け、西日が作った木々の陰影を見つめた。

「その道長どのだが、さてこれだけで終われるかどうか」

「どういうことだ」

「おぬしが先に言った通りさ。道長どのの愚行はすでに多くの人に知られることとなった。これがどのように芽吹き、花咲いてしまうか」

原因という種はすでに播《ま》かれてしまった。これが誰にどのような影響を与え、場合によっては次なる事件につながるのか、注視する必要があると晴明は言っているのだった。

「そうだな……」

実資がため息をもらして首を振る。

「もう今日はいいのだろ」

と言って、晴明は六合に酒の準備をするように命じた。


それから三日ほど経った。

いつものように参内した実資は、蔵人所を横目に見ながら、自らの執務を進める。蔵人たちの何人かが、実資に親しげな目礼をした。

ちょうど蔵人頭が蔵人たちを集めてそれぞれの執務を確認していた。蔵人の長である蔵人頭の任は重い。蔵人頭が着席するまでは他の蔵人は着席できず、蔵人頭が口を開くまでは他の蔵人は声を上げてはいけないとされていた。その重責ゆえに、耐えられない人物も出れば、逆に自らの実力のたまものだと勘違いして横柄になる者もいた。実資はそのどちらでもない。花山帝の乱行を制しきれなかった自らの弱さを責める想いが日に日に増していて、仮にもう一度蔵人頭となったなら、ただただ執務への献身を深めなければいけないと思っていた。

その日の勤めが一段落した頃である。朝、目礼してきた蔵人のひとりが実資に寄ってきた。

「左中将《さちゅうじょう》さま。少しお耳に入れておきたいことが」

左中将とは、左近衛中将の略称である。

その蔵人はまだ若いが藤原家の人間であり、頭の回転が速くて仕事ののみ込みが早いので、実資も将来を楽しみにしている男である。

「蔵人頭どのにではなく、俺にか？」

「はい」

「どうした」と聞き返すと蔵人の表情がやや曇った。あまりよい話ではないらしい。

実資が近くの局《つぼね》を借りて話を聞くと、予想通りあまりよい話ではなかった。

道長の家の家人と藤原公任《きんとう》の家人の間でいざこざが起きたのだという。

公任は、実資と同じ藤原北家小野宮流の貴族で、先の関白・藤原頼忠《よりただ》の長男である。血筋としては実資の従弟《いとこ》であり、系図の上では実資の甥《おい》にあたる。実資が祖父・藤原実頼《さねより》の養子になったからだ。

公任は若い頃から歌も書もひととおりこなす秀才肌で、道長たちの父、藤原兼家は「わが息子どもでは、公任どのの影もふめないだろう」と嘆いたと言われているほどだった。ちなみにこのとき、兄たちが黙っているなか、道長のみが「いつか、影どころか公任の顔を踏みつけてやりますよ」と気炎を吐いたという。

永観《えいかん》元年に左近衛権中将となり、寛和元年には正四位下に叙任と、順調に出世してきた公任だったが、花山帝が落飾して今上帝に代わって父の頼忠が関白を辞すると、出世は足踏みを余儀なくされていた。

道長の家の家人と藤原公任の家人の間で起きたのは井戸水の優先権を巡っての争いだった。川から自分の敷地へ遣水《やりみず》を引くこともあるが、飲用はあくまでも井戸が主流である。水は何をおいても確保しなければならない。そのため、水を巡る争いはときどき起きるのだが、今回は少し過激だった。

家人同士で殴ったり蹴ったりと大げんかに発展したのだという。

「何ということだ……」と実資は眉をひそめた。

「結局、源頼光さまが自ら武士団を率いて調停に入ったとのことで……」

わかった、ありがとうとその蔵人に礼を言ったものの、実資は正直なところめまいを覚えていた。先日のことがあってすぐにこれである。同じように叱《しか》りつけたところで、それほど効果があるとも思えない。しばらく放《ほう》っておこうか……。

さらに数日が経った。

今日の仕事が片づき、実資がそろそろ内裏から下がろうかと考えたときである。実資を不意に呼び止めた者がいた。

「実資どの。よろしいでしょうか」

道長だった。

「道長か」

実資は複雑な思いで振り返ったのだが、道長は道長で何だか憤慨していた。近くの局に半ば強引に招かれると、道長は一層顔をしかめてこう言った。

「実資どの。やられました」

「何？」少し乱暴な聞き返し方になった。けれども、道長は気づいていない。それどころではないようだった。

「先日、私の家人と公任どのの家人の間で揉《も》めごとがありました」

「知っている」

「ご存じでしたか。ならば話が早い」

何が早いのだ、と言い返したい思いだったが、黙っていた。

すると、道長は恐るべきことを口にしたのである。

「公任めが私の家人に呪いをかけたのです」

聞き捨てならない内容だった。

「呪いとは穏やかではないが」

「まったく穏やかではありません。それどころか、許されざる大罪ですよ」

憤慨する道長を実資がなだめる。

「落ち着け。いったい何があったのだ。もともとはおぬしらの家人同士で井戸の権利を巡っての争いだったのだろう？　そこからどうして呪いになったのだ」

「あれは私の家の者が正しい」

「いまはそれはいい。それよりも呪いについて話せ」

実資は声を潜めて先を促した。

しばらく雨がないため、乾いた風が吹いている。

道長は唾《つば》を飲み込んで話し始めた。

「家人が、呪いのせいで突如、全身に発疹《ほっしん》を浮かべて倒れたのです」

「単なる病ではないのか」

発疹と聞いて、まず麻疹《はしか》か痘瘡《とうそう》（天然痘）を思い浮かべるのは当然の反応だった。

「しかし、その発疹、青緑色で見たことのないものなのです。そのうえ、その家人は井戸の争いで中心になっていた男です」

「ふむ……」

実資は顎に手をやった。青緑色の発疹などという病は聞いたことがない。しばらく頭の中にある膨大な日記の資料を振り返ってみるが、やはりそのような記載はなかった。

突然、男たちが騒ぐ声がした。

「何でしょう。蹴鞠《けまり》にしては賑《にぎ》やかすぎますね」

と道長が声を気にする。実資も耳を澄ませた。

おのれ。逃げろ。公任め。誰か止めろ。

そんな言葉が切れ切れに聞こえてくる。尋常ではない。実資は局から飛び出した。

簀子で何人かの貴族が呆然《ぼうぜん》としている。

「何事ですか」

たまたま見知った顔がいたので問うた。藤原中納言《ちゅうなごん》顕光《あきみつ》。いつぞやでは蹴鞠の件で実資とひと悶着《もんちゃく》あった人物である。

「ああ、左近衛中将どの。お止めください。蔵人のひとりが公任どのを急に追いかけ回し始めたのです」

「何ですって？」

蔵人がそのような乱暴をしているとは――。その間にも騒ぎはどんどん大きくなる。声のする方に目を凝らせば、清涼殿を公任が逃げ回っていた。追いかけているのは先ほど実資に道長の家人の騒動を教えてくれたあの蔵人だった。

「待て。なぜ私を追いかける⁉」

「うるさい。おぬしの非道を正すためだ！」

実資は大声で制止した。

「おい。やめぬか」

隣で道長が鼻を鳴らしている。

「ふん。自業自得というヤツですよ」

「何を言っておるのだ」

実資が蔵人の取り押さえを命じると、他の者たちが一斉に動き始めた。

多勢に無勢である。蔵人はすぐに捕まえられた。いきなり追いかけられて走り回った公任は息を切らせてへたり込んでいる。

取り押さえられた蔵人が実資のまえに召し出されたが、蔵人は訳がわからないという表情をしていた。

「さ、左近衛中将さま。私はどうして……」

「なぜ公任どのを追いかけ回したのだ？」

周囲の人だかりにますます驚きながら、蔵人は聞き返した。

「公任さまを？　私がですか？」

「おぬし以外に誰がいる」

「私がそのようなことをするわけがないでしょう」

実資は目を細めた。だが、蔵人の様子から、彼が嘘《うそ》をついているとは思えない。実資は額をかいた。

「どういうことだ。まるで憑き物が落ちたような――」

と呟いて、自分の言葉に思わずはっとする。そういえば、晴明が先日「さてこれだけで終われるかどうか」と言っていたのを思い出したのだ。

こういうときこそすぐに晴明のところへ行きたいのだが、犯人の蔵人をこのままにもしておけない。

「なるほど。憑き物ですか」と道長が小首を傾《かし》げた。「陰陽寮に人をやって晴明どのに来ていただきませんか」

「え？」思わず実資は聞き返した。「そうか。晴明のほうをこちらに呼べばいいのか」

すっかり失念していた。晴明をこちらに呼ぶなんて、友人に対してずいぶん偉そうな気がするのだが。

陰陽師なんてそういうものさ、という騰蛇の声が聞こえたように思った。事実、姿を消してここにいるのかもしれない。

実資は、蔵人所で雑事を手伝っている殿上童《てんじょうわらわ》のひとりを捕まえると、晴明を呼んでくるように命じた。承った、という騰蛇の声も同時に聞こえる。

徐々に無関係な貴族たちは散っていた。先ほど声をかけた中納言顕光は暇なのか最後のほうまで首を伸ばしていたが、いつの間にかいなくなっている。

ひっくり返っていた公任が、やっとのことで身を起こしていた。

殿上童を遣わしてすぐに、晴明の参内が聞こえた。

「陰陽師・安倍晴明。左近衛中将さまのお召しによりまかり越しました」

秀麗な晴明の、慇懃《いんぎん》な挨拶に実資は笑みを漏らす。

「そんなふうに言われるとくすぐったいな」

晴明も菩薩《ぼさつ》のように微笑んだ。

「ふふ。陰陽師とはそういうものだからな」

そばで殿上童が目を丸くしている。「晴明さまを呼びに行こうと内裏を出ようとしたら、すでに晴明さまがお見えだったのです。私が声をかけるよりも先に『わかっている。左近衛中将さまはどこだ？』とお尋ねになって……」

実資は「陰陽師とはこういうものなのだよ」と苦笑しながら、殿上童を持ち場に返した。

「騰蛇か？」と実資が問うと「騰蛇だ」と晴明が答え、またしても笑みが漏れる。

「ふたりだけでわかっていないでください」と道長が抗議した。

晴明が檜扇を軽く開いて口元を隠す。

「ふふふ。そうでしたな。けれどもまず、実資に必要だったのは笑み。いろいろな事柄が重なってずいぶん険しい顔になっていた。これでは実資自身が呪にかかったようになってしまうからな」

実資が驚きの声を上げた。

「まさか、また俺は生霊か何かに取り憑かれているのか」

「そういうわけではない。だが、笑みが出せる心の余裕もまた、呪に対抗するには大切なことだからな」

「たしかに、晴明が来るまで笑顔を忘れていたかもしれぬ……」

実資からこれまでの話をざっと聞いた晴明は、まず先ほどの蔵人に話を聞いた。

「大勢の方があなたを、公任どのを追いかけ回していたあなたを見ています。しかし、あなたは何も覚えていないのですね？」

別段暴れる様子もないので、蔵人は押さえつけられたり縛られたりはしていない。

「はい……」答える蔵人の声が弱々しく、視線もさまよっていた。

「何かありますか」と晴明が端整な顔立ちでじっと見つめると、それこそ呪にかかったように蔵人がこんなことを言った。

「しかとは覚えていないのですが……夢のなかで誰かを追いかけていたような気持ちは残っています」

実資は渋い表情を作る。

「たぶん、それは現実だったのだろう。なあ、晴明」

「そうなるだろうな」と晴明は頷き、もう一度、蔵人に質問した。「ところで、夢ではないと確信できるのはいつの記憶までですか」

「左近衛中将さまが道長さまに呼び止められたところまでは、覚えています」

「そのあとは……?」

「気づいたら大勢の者に取り押さえられていました」

次に晴明は公任のところへ行くと、見舞いの言葉をかけ、話を聞き始めた。

「災難でございました。ところで公任どの。あの蔵人から恨まれるようなことは?」

「ない、と思います」公任はやや視線を落とし気味にしながら答える。「この年まで生きてくれれば、買いたくなくとも買ってしまうのが恨みだというのもわかっていますが、少なくとも私のほうから先ほどの蔵人に悪意を持って接したことはありません」

ふん、どうだか。道長のごく小さい声が聞こえて、実資は道長の衣裳の裾《すそ》を引っ張った。

晴明は問いを続ける。

「ありがとうございます。先日、公任どのと道長どのの間で家人同士の争いごとがあったとお聞きしましたが」

公任が苦々しげな顔になった。

「そのようです」

道長は何も言わないで黙っている。

公任がそのあと何か言うのではないかと待っていたが、口を閉ざしていた。

わかりました、と晴明が頷く。「まず道長どのの家人の病を祓ってしまいましょう」

けれども、こう付け加えることも忘れなかった。

道長の邸も公任の邸もきちんと調べさせていただく、と。


道長の家人の病は、霜が解けるように晴明の力で快癒した。その力、まさに神の如しである。さらに言えば道長の邸にも公任の邸にも、呪符や人形、あやしげな壺《つぼ》のような、呪いになりそうなものは発見されなかった。

それらのあとに「奇なり、奇なり」と付け加えれば、実資の今日の日記に記すべきことは終わってしまうところだったのだが――そうはならなかったのだ。

事件は道長や実資が、公任の邸にいたときに起こった。

そのとき、晴明は公任の家人から話を聞いていた。先日、井戸のことで道長の家人と争った張本人である。名を甘南備正遠《かんなびのまさとお》と言った。

「井戸の争いのあと、何か変わったことはありましたか」

「特別なことは何も……」

正遠は晴明の質問には答えるのだが、目の周りが不思議に動かない。「何か隠しているところがあるのではないか」と実資は疑っていた。

そのときである。

「主」と若い男の声がいきなりした。正遠が驚愕《きょうがく》している。ここにいる人間の声ではなかったからだ。

見回せど声を発した者は見当たらないが、このような声のかけ方をする者なら、姿が見えなくとも実資にはわかっている。

「どうした。騰蛇」

晴明が落ち着いて聞き返すと、再び姿なき声が答えた。

「外で騒ぎが起きてます」

動揺する正遠を制止しながら、晴明と実資が顔を見合う。単なる騒ぎ程度で、騰蛇が話しかけてくるとは思えない。

「ふむ……?」

「先ほど内裏で公任どのを追いかけ回した蔵人が、九条流の別の貴族に捕まったようです」

あなや、とさすがに実資は声に出た。正遠も目を見開いて驚いている。

晴明は舌打ちして騰蛇に命じた。

「どこかへ拉致《らち》されるまえに止めよ。蔵人どのとその貴族をここへ連れてこい」

承知、と短く答えて、騰蛇の気配が消えた。

「晴明。これは……」

「呪の――恨みの連鎖よ」

「何と？」

晴明は実資との会話を中断すると閉じたままの檜扇を突きつけるようにしながら、正遠へ向き直る。

「ゆるゆると話を伺い、矛盾をひとつひとつ潰《つぶ》しながら追い込もうと思っていたのだが、そうもいかなくなった」

「あ、あ……」正遠が脂汗をたらしてがくがくと震えはじめた。

秋霜よりも厳しく、晴明の澄んだ瞳《ひとみ》が正遠を貫く。

「おぬし。何をした？」

正遠が後ろに手をつき、かろうじて倒れそうになるのを支えていた。

「おい、晴明。どういうことなのだ」

「道長どのによる式部少輔どのへの乱暴のときに私が言った通りだ。種が播かれてしまったのだよ」

「その種が生長してきた、ということか」

「草木なら種が播かれて成長し、花が咲いて果実が実るだけで終わりだ。ところが物事の因果の種とはそれでは済まない」

「それでは『終わらない』ということか」

正遠を見据えたまま、晴明は頬をにやりとさせた。

「聡《さと》い。さすがは日記之家の当主だ。そう。『終わらない』のだ。なぜなら、花や果実という結果が、また新しい原因になるからだ」

「ふむ……？」

にわかに邸が騒がしくなる。

姿を顕わにした騰蛇が、右手で蔵人を後ろ手に固め、左肩には貴族を抱え上げて簀子を渡ってきた。蔵人が痛みにうめき、貴族が「無礼者、下ろせ」とわめいている。

「主。ふたりを連れてきました」

騰蛇は荷物のようにふたりを間に放り出した。晴明は小さく頷くと、閉じたままの檜扇を剣のように振るって貴族に向けて五芒星《ごぼうせい》を切った。

「――急急如律令《きゆうきゆうにょりつりよう》！」

貴族が弾《はじ》かれるようにのけぞった。上体を戻した貴族は、不思議そうに辺りを見回した。

「あれ？　ここは？」

「ここは公任どのの邸だ」と実資。人を呼んで水を与える。

水と共に、騒ぎを聞いた公任が顔を覗かせた。

「安倍晴明どの。小野宮実資どの。これはいったい」

するとは晴明は檜扇を小さく開いて口元を隠す。

「井戸の争いの続きです」

「どういう意味ですか」

「因果の種は次の因果を生み、連鎖する。それは小さな火が放置されることで次々に他のものをのみ込み大火事となるようなもの」

実資はやや複雑に頬を歪めた。新築した邸を引っ越し当日に全焼させてしまったのを思い出したのだ。

「井戸の争いが巡り巡って、先ほどの暴力沙汰《ざた》になったと？」

と実資が尋ねると、晴明が頷いた。

「いま拉致されそうになった蔵人は、公任どのを追いかけ回した。公任どの、というよりも正遠どのの側に起こった不幸と思えば少しはわかりやすいかな」

「それほどわかりやすくないようだが……」

晴明は薄く微笑む。

「そのまえには井戸の争いをした当人である道長の家人が不幸にあった」

「例の、あやしき発疹だな」

「そう。そしてそのまえは、ない。なぜ、ないか。それは」と晴明が檜扇を音を立てて閉じた。「この正遠どのが呪いの発端だったからだ」

あなや、と実資と他にも何人かが声を上げた。正遠は真っ白い顔で震えている。

「違う。私は何も――」

「井戸の争いをしていた当事者の片方が呪いを受けたような奇病になった。ならば、争いの相手側が呪いを発したのだろうと考えるのが、もっとも単純だ」

実資は小さく手をたたいた。

「そうか。やっとわかった。正遠どのの呪いが道長の家人の奇病になり、その仕返しのような形で公任どのが蔵人に追いかけ回される事態になった」

晴明は萩《はぎ》の花のように笑ってみせる。

「ついに呪いは両家の関係を飛び出し、蔵人どのが貴族に拉致された。このままで行けば次はこの貴族どのに予期せぬ不幸が降りかかるだろう」

道長と公任を離れ、ふたりの家とも関係のない人びとに呪いの投げ合いが広がり、大勢が不幸になっていく。

「ひとつの種の実りが次の種になり、連鎖するとはこのことか」

と、実資が唸った。

晴明が正遠をじっと凝視する。

「さて、改めて問いましょう。あなたが先ほどから歯切れの悪い答え方をしているのは感じています。何を隠しているのですか」

「おぬしの主人、公任どのにも十分過ぎるほど迷惑がかかったのだぞ」と実資がさらに言うと、正遠は荒い息を少しずつ収めていった。

晴明が天人のように雅に微笑んでみせた。

「どうですか。何か思い当たることがあるのではありませんか」

正遠は晴明の白い顔を見つめ、ついにはがっくりと肩を落とした。

「――先日、井戸のことで争った日のことでございます」

正遠の話によると、その日の夜、正遠のところへぼろを纏った乞食《こつじき》姿の行者のような男が現れたのだという。

行者は井戸の争いを耳にしたとかで、どういうわけか正遠にひどく同情してくれた。

人と争うのはなかなか疲れることです。たとえこちらが正しくとも、相手の非を責めるのは人間、なかなかイヤなもの。ましてや、相手との言い合いともなれば心身共に疲弊し、天の運を大いに損なうもの。さればそれがしが運気が好転する霊符を授けよう。云々《うんぬん》。

そのような言葉を巧みに駆使され、正遠は丸めた霊符を飲まされたという。

「……翌日、朝になってみると身体も軽く、元気になっていたのでよい行者に出会ったものだと思ってそのまま黙っていたのですが――。晴明さまたちのお話を聞いていると、何やら恐ろしくなってきて」

よく話してくれましたね、と晴明が微笑みかけた。公任は苦り切ったような顔をしている。正遠は、晴明の笑みにほっとしたものの、主人である公任の顔を見てしまって顔を伏せるしかないようだった。

「晴明。やはりその霊符なるものが、呪符なのだろうな」

という実資の言葉に晴明が頷くと、正遠は卒倒しそうになる。

「ああ……私は何ということを――」

蔵人と彼を拉致した貴族を下がらせると、「このままでは延々と呪いの連鎖が続くでしょう。呪符を取り出します」と晴明が宣言した。

神妙に両手を合わせた正遠をまえに、晴明は右手を刀印にする。

「……水は火に剋《か》ち、火は金に剋ち、金は木に剋ち、木は土に剋ち、土は水に剋つ――五行相剋《そうこく》」

晴明がそう唱えると、不意に正遠は白目をむき、泡を吹いて倒れた。

あなや、と声を上げた実資と公任を、騰蛇が制止させる。

「けれども、騰蛇。大丈夫なのか」

「ああ。大変なのは最後だけだ」

晴明は構わず「急急如律令」と唱えて正遠の口のなかに手を入れ、引き抜いた。その指先にはくしゃくしゃに丸められた呪符がある。晴明が、正遠に向かって五芒星を切ると、正遠は先ほどまでの苦しみを忘れたかのように、穏やかな表情で倒れ込んだ。

「だ、大丈夫なのか」という実資の声には答えず、晴明は呪符を開いて確かめる。

「ふむ。鎮宅《ちんたく》霊符のひとつに似ているが」

「鎮宅霊符？」

「鎮宅七十二道霊符などとも呼ばれるのだが、主として家内安全を目的とした霊符や祈願の総称で、これを聞いてくれる神を鎮宅霊符神と称する。だが、この呪符は違う。似せてはいるがな」

　と言って、晴明は呪符の下の方を示した。

「『八』と書かれているな」

「そうだ。このような文字は鎮宅霊符にはない。そのうえ、この呪符全体は血で書かれている」

「血で書かれている……？」

「墨に血を混ぜて書く。文字などに呪いをかけるもっともかんたんでもっとも強力なやり方のひとつだ」

「要するに、これが呪いの源だということだな」

「当たらずとも遠からずだな」

　どういう意味だ、と聞き返そうとして、実資は言葉を失った。やや遅れて公任が同じく硬直する。

　不安や焦燥などではない。恐怖に似ているが違う。絶望と結果は近いが、原因は正反対。

日記の知識や古今東西の書物の言葉を探し続け、実資はある言葉に行き着いた。

そうだ。古来、人はこのような気持ちにこう名付けてきたはずだ。

畏怖《いふ》、と。

間の空気が一変した。

巨大な何かが近づいてきたと思った次の瞬間、間の誰もいない場所に巨大な仏像のごとき人影が現れた。釈迦大如来の像のように座っているが、巨大さは計り知れない。間の高さはごく普通なのだが、なぜかその存在はその十倍も二十倍も巨大に見えた。

黒衣の装束を纏い、独特の冠と笏を持った赤面に黒髪黒髭と憤怒相。手にした鏡に死者の生前の思いと行いのすべてを映し出させ、地獄の裁きを決め、獄卒の鬼どもに引き渡すと言われるそのものは、こう呼ばれていた。

閻魔《えんま》大王。

実資は喉が喝いていた。これまで、晴明と交流するようになって幾多のあやしきものども遭遇してきたが、段違いだ。これほどの衝撃は泰山府君祭《たいざんふくんさい》のとき以来だった。

公任はすっかり腰を抜かしている。誰から教わったわけでもない、心の奥底にある生き物の本能のように、目の前の閻魔大王を畏怖し、ただひたすら手を合わせて南無阿弥陀仏《なむあみだぶつ》と南無釈迦大如来を繰り返していた。

閻魔大王が鬼をも震え上がらせるような目を晴明に向ける。

安倍晴明よ。おぬしはいま禁を犯そうとしている。その甘南備正遠は、飲み込んだ呪符の毒気により、今日一刻（三十分）ののちに命を落とすことになっていた――。

「あなや」と言ってしまって、実資は全身から汗が噴き出した。閻魔大王が実資を一瞥する。それだけで汗がすべて冷えた。

「左様でございましたか」

晴明が涼しげに答え、閻魔大王の注意を自らに戻す。

閻魔大王は続けた。その正遠はおぬしらの知らぬ、さまざまな罪を犯して生きてきた。ついには井戸のことでつまらぬ争いをし、人を恨み、恨み心のままに外法《げほう》に手を染め、周囲に恨みと呪の連鎖を引き起こした罪を重ねて死に、死後は三百年にわたり地獄の獄卒たちの鉄棒で殴打され続け、次の三百年は地獄の火炎に焼かれ、さらに次の四百年は全身を巨大な針で刺し貫かれたまま煮えたぎる油を滝のように浴び続けることになる――。

「ううっ」

地獄の恐ろしさに、実資が呻《うめ》いた。

「ですが、私が先ほど呪符を取り去ってしまったため、正遠どのの死期がずれてしまったのですね？」

そうだ。地獄の鬼どもも残念がっている。おかげで、正遠がやってきたなら、予定よりも盛大に歓迎してやろうと息巻いておる。いやむしろ、いますぐ正遠を地獄へ堕《お》とせと騒ぎ立てている――。

「閻魔大王」と気づけば実資は言葉を発していた。「まだ正遠どのは死んではいない。その、地獄の裁きがふさわしいかどうか、決めてしまうのはどうなのでしょうか」

閻魔大王が実資を睨んだ。恐ろしい。夜盗や獰猛《どうもう》な獣に出合ったときの恐ろしさとはまったく違う、人が逆らってはならぬ存在への畏敬と畏怖だ。

藤原実資。小野宮流の日記之家の当主。わしに意見するか。

「あ――」閻魔大王なら自分の名を知っていて当然か。

それに驚くよりも、閻魔大王と目が合ってしまったこと自体で、実資の意志とは別に身体が硬直してしまった。

実資よ。本来死して裁かれるべき者の死を、勝手に先送りしたのは晴明のほうだ。むしろその償いをしてほしいところよ。

実資は何とか晴明を振り返ったが、晴明は秋空のように澄んだ微笑みを見せている。

「閻魔大王。正遠どのがそれほどの地獄の責め苦を受けねばならないのは、この呪符によって呪いの連鎖を発生させてしまったからですね？」

そうだ。本来、力を持っていない人間が、愚かにも霊能を暴走させて呪としてまき散らした罪は、見方によっては殺人や盗みよりも重い。地獄の裁定は千年経とうが二千年経とうが変わりはしないからな。

「では、どうでしょう。その呪と恨みの連鎖を私が断ち切ってしまうというのは」

何、と閻魔大王が晴明を凝視した。

「今回の一件、井戸の争いは正遠どのたちの問題ですが、そのあとの呪符による恨みの拡散は、正遠どのが望んだわけではなかったと言えましょう。それによって広がった呪いと恨みの拡散は私が祓います。井戸の争いについてはきちんと話し合う。それでどうでしょうか」

ふふふ。安倍晴明。この閻魔大王と交渉するつもりか。

はい、と頷いた晴明は正遠の身体のなかから取り出した呪符を騰蛇に渡した。騰蛇は受け取るや呪符をひと睨みする。瞬きする間に呪符は炎に包まれ、焼失した。

「あの呪符は急にぶつかってきた牛車のようなもの。事故です。事故がなかったとしたら、正遠どのももう少し長く生きられるはず。その間に再び正遠どのが外法に手を染めれば、それは本人の咎《とが》としてあらためて閻魔大王の裁きを受ければよいかと」

しばらくして閻魔大王が憤怒の表情で晴明を見下ろした。

よかろう。その正遠の命、しばらく預けてやろう。だが、呪いと恨みの連鎖を断ち切るだけでは安い。その根源を絶つまでしてもらおう。さすれば、今回の件は不問に付す。できなければ、正遠の代わりにおぬしを地獄に招待しよう。

「かしこまりました」

忘れるなよ――。そう言い残して、閻魔大王の巨大な神威は消えていった。

どのくらいそのままでいたのか。風の音が聞こえたように思う。実資は息のしかたを忘れかけていたことに気づいた。

「晴明」と実資の呼びかける声が震えている。「おぬし、いま何かとんでもない約束をしなかったか」

晴明は檜扇を軽く開いて口元を隠すと、含み笑いを漏らした。

「ふふ。仕方がないだろう。どこかの日記之家の当主が閻魔大王との交渉をはじめてしまったのだから」

「え⁉　俺のせいだったのか⁉」

「閻魔大王だってわかっているのだよ。正遠どのがいま死ぬべき人物ではなかったことくらいはな。ただ、配下の鬼どもが我慢ならないのもその通りなのだろう」

「聞き分けの悪い鬼もいるということか」

「そういうところかな。だから適当な落としどころを私も考えていたのだが、実資が閻魔大王に語りかけたことで考える時間ができたので、何とかまとめられたというところよ」

「いや、そうではなく」と実資は慌てた。「正遠どのの代わりに晴明が地獄に招待だとかなんだとか」

実資の隣では公任もしきりに頷いている。

けれども晴明は朗らかに笑った。

「ははは。そのくらいは言ってくるだろう。鬼どももそれで溜飲《りゅういん》が下がるというもの」

実資は眉を思い切りひそめる。

「――大丈夫なのだよな？」

晴明が清げな瞳で実資を横目に見た。晴明が答えるよりも先に、正遠が呻き声を上げて目を覚ました。

それから数日した晴明の邸では、夏の夕暮れを楽しみながら、道長が上機嫌で酒を楽しんでいた。

「ははは。愉快愉快。やはり正義は勝つものだな」

実資が苦々しい顔でたしなめる。

「勝手に押しかけ、自分で持ってきた酒をいちばんに飲み続け、何を騒いでおるか」

「はっはっは」と、道長の笑い声が晴明の邸の母屋に再び響いた。

母屋には実資と道長、さらに頼光がいる。

そこから少し離れて、いつもの柱に晴明がもたれながら杯《さかずき》を傾けていた。

杯を持ったまま、頼光が静かに、しかし熱っぽく言った。

「晴明どのが呪を祓う姿、以前にも間近に拝見しましたが、他の陰陽師どもとは迫力がまったく違っていましたな」

閻魔大王との約束通り、晴明は内裏や大内裏を方々歩き回り、呪と恨みを祓って回ったのだ。

実資はやや機嫌を直す。

「そうでしょう。本来なら晴明がひとりひとりに話をしつつ、儀式を行うべきところなのだろうが、すでに雑草のようにどこにどこまで広がってしまったかがわからない。よって晴明は自ら柏手《かしわで》を打ちながら歩き回ることで、それらの雑草を根から摘み取ったのですから」

晴明の頰が酒でほんのり赤い。

「ふふ。実資がすべて話してくれたな。まあ、後宮などの私が立ち入るには躊躇《ちゅうちょ》するような場所は六合の力を借りたが」

その六合は晴明の杯に静かに酒をついでいた。

「それだけでは納まらないかもしれない連中には、頼光どのとその武士団の者たちがにらみを利かせるようにもお願いしたしな」

と実資が言うと、頼光が生真面目に礼をする。

道長は自ら杯に酒をそそいでうまそうに飲み、

「いやいや。おかげで井戸の争いの大本になった正遠が非を認めてくれましたから。公任どのと一緒に謝りに来てくれて、私もすっきりしました。うちの家人が難癖なんてつけるわけがありませんからな」

と、また酒をつぐ。晴明への礼として酒や魚を持ってやってきたのだが、自分がいちばん飲んでいるのだった。

「おぬしの家人は難癖をつけないだろうが、おぬしは難癖をつけることがある。式部少輔どのへの乱暴、二度とするでないぞ」

「はい……」

また実資のお説教が始まるとでも思ったのか、道長はそのあとすぐに邸をあとにした。

今日は、頼光は残っている。

道長を見送った六合が母屋に戻ってくると、実資は大きくため息を漏らした。

「井戸の争いが大本だったが、さらにその元をたどれば道長がやらかした式部少輔への乱暴だったと、あいつは覚えているのだろうか」

不在の道長に代わって頼光が申し訳なさそうに顔をしかめる。

「その点はしっかり、私のほうから念を押してありますので……」

「頼光どのがそのようにおっしゃるのなら、安心です。ただ、少々事情がありましたもので……」

「閻魔大王との約束ですね」

頼光のみならず、道長にも実資から話をしてあった。道長はかなり驚きもし、むしろ疑ったくらいだったが、結局、実資と晴明の話ならばと信じた様子だった。

晴明が涼しげに杯をなめる。

「大本は井戸の争いだった。その原因は道長どのの式部少輔への振る舞い。そこまで押えられたのだから、物事の因果としては解決したとみてよいだろう」

すると実資が髭のない顎をさすりながら、疑問を口にした。

「そちらはある程度解決したようにも見えるのだが……正遠どのに呪符をのませた『乞食姿の行者』なる者については、まったく手がかりがないのだよな」

もしそれも閻魔大王のなかで、呪いと恨みの連鎖の根源として考えていたら、晴明が地獄に招かれる余地はまだ残ってしまっていることになる。

「そこは何とかなるだろう」と晴明が夕焼け空をうっとりと眺めた。

「何とかって」

「ふふ。天文でそう出ている」

「天文……。それは俺にはわからぬ」

「陰陽師とはそういうものだからな」

実資は酒をあおる。

「まあ、おぬしのことだから何とかしてしまえるのだろうとは思っているのだが——」

「何か気になることがあるか」

実資は渋い顔のまま、声を潜めた。

「乞食姿の行者、というのがどうも引っかかっていてな」実資の頭の中には、あるひとりの老陰陽師の姿がある。「なあ、晴明。あやつは死んだのだよな」

晴明と対決をし、最後は自ら刃《やいば》でその身を貫き、火炎にのまれて死んでいった老爺《ろうや》である。あれで生きていたら化け物の仲間になってしまうと実資は思うのだが、陰陽師の計り知れなさを考えるとどうにも気になってしまうのである。

「蘆屋道満《あしやどうまん》どのか」晴明があっさりとその名を口にした。

「名を口にしていいかためらっていたのだが……」

「ふふ。悪鬼やあやかしの類ではないのだから、名を言って祟《たた》るわけでもない」

「ふむ。で、どうなのだろうな」

「さて、どうだろうかな」

晴明は白皙の美貌に、何かを楽しんでいるような笑みを浮かべて曖昧に答える。

六合が灯《あか》りを持って来た。

第二章　女に喰われる男と鬼に喰われる女

どうやら藤原道長《ふじわらのみちなが》という男は天運があるらしい。

秋の夜長、自らの邸《やしき》の文机《ふづくえ》で日記をしたためながら、藤原実資《さねすけ》は揺れる灯火にしみじみと考えていた。

静寂が邸を幻想的に包んでいる。

瞬く星々は数多《あまた》あれど、名を覚えられる星は限られているものだ。

もしかしたら道長は、名を覚えられる星になるかもしれない。

そう思ったのは、道長が従三位《じゆさんみ》に進むという噂《うわさ》を耳にしたからだ。

噂と言っても、ほぼ決まりと目されていた。

結論から言ってしまえば、彼の父である摂政兼家《せつしようかねいえ》が息子たちを激しく昇進させようとしているのだ。長男の道隆《みちたか》は正二位《しようにい》権大納言《ごんだいなごん》とし、三男の道兼《みちかね》も従二位とするという。摂政としての自分の地位が安定してきたところで一挙に盤石にさせるために、息子らの昇官をさせるのだろう。

道長は従三位のみならず、左京大夫《さきようのだいぶ》にも任じられるという。京における行政と司法、警察を司《つかさど》る京職《きょうしき》のうち、左京《さきょう》を担当する左京職の長官である。

異例の大出世である。

実資の筆がなかなか動かないのは、あきれるほどの大出世のせいだけではない。それだけなら天運とは言わない。問題は、先日の式部少輔への乱暴に始まる呪《しゅ》と恨みの連鎖の一件が、今回の昇進劇にまったく影響していないことだった。それよりまえに決まっていたと言えばそれまでかもしれないが、多少の見直しくらいはあってもおかしくないだろう。それが、不利に働くどころか、むしろ道長の昇進を歓迎するような空気ができていた。暗い出来事ばかりが続いたあとでは明るい出来事が歓迎されるように、道長の昇進は直前のごたごたを問い詰められるどころか、昇進そのものが禊《みそ》ぎのように受け止められているところだった。

これと同じことが他の兄弟たちに起こったとしたら、どうだったろうかと考えてみる。

「……たぶん、昇進は取り消しになっただろうな」

実資の声に、夜の静寂が一瞬だけ破られた。

さしあたっては道長が慢心しないかは見ておかねばならない。

「まあ、源《みなもとの》頼光《らいこう》どのもいるから大丈夫だと思うが」

頼光も不思議な人物だと思う。春宮権《とうぐうのごんの》大進《たいじょう》だが、東宮《とうぐう》である居貞《おきさだ》親王に真面目《まじめ》に仕えている反面、道長と親しく交わり、半ば臣従しているようにも見える。頼光の親である満《みつ》仲《なか》の頃《ころ》から摂関家《せっかん》と関係が密になってきたようだが、満仲の後を継いだ頼光には少なくともいまのところ道長が「仕えるべき次の摂関家の主《あるじ》」と見えているようだ。どこまでが私情で、どこからが冷徹な政治判断かはわからない。ひょっとしたらそんなせせこましいこと、頼光は考えていないかもしれない。

私はただ清和源氏《せいわげんじ》の名を辱めないように、また釈迦大如来《しゃかだいにょらい》や天照大神《あまてらすおおみかみ》や天地神明のすべてに心を観《み》られて恥ずかしくないように潔く生きたいし、わが刀を振るいたい。そう願っています。頼光はそんなことを言っていたものだ。

「さて。ひるがえって、俺だ」

実資は筆を置いたまま、自らが記してきた日記に覆い被《かぶ》さるようにした。白い紙と黒い墨が、実資のその日の記録や見聞きしたことを封じ込めている。その日を写し取った一幅の絵のようなものだ。

ただ、絵と違うところがある。それは「何を書き」「何を書かないか」を実資がはっきりと選び取っていることだった。

「後世の者たちはこの日記を見てどう思うか」

むこう数十年くらいなら、実資が「なぜこう書いたか」を推測できる者たちが生きているだろう。実資自身、養父であった祖父の藤原実頼《さねより》から父祖たちの日記の背景と真意を講義してもらっている。

これがあと百年のちの世となればどうだろうか。

書かれたものだけが残り、書かれなかったものは歴史のなかから消えていくに違いない。

そう考えると、己が歴史の裁定人になったかのような厳粛な気持ちになる。

なるべく神仏の御心《みこころ》にかなった形で日記も記しておきたい。日記之家《にっきのいえ》の当主として絶対に外せないものはある。律令とその解釈に関するところであり、儀式の有り様などである。それが次の世代の政《まつりごと》の指針にもなるからだ。

道長に官位を抜かされたりしたら、心穏やかでないだろうと実資は思っていた。ところが、実際に道長が従三位、左京大夫となると聞いても、どこか他人事《ひとごと》のように感じている自分がいて驚いてしまった。

理由を考えてみた。

ひとつは、道長が急な、それも父親の力を受けての昇進で、不慣れな官職に右往左往するのではないかという予測。要するに「ご苦労なことだ」と思っているから。

もうひとつは、実資には日記という別の世界があるからだった。

実資は左近衛中将《さこんえのちゅうじょう》であるが、たとえ無位無官となっても日記を記すという仕事は、小《お》野宮《ののみや》流の当主としてついて回る。日記之家としての務めは言うまでもなく律令外のものだが、帝より命じられた天命だ。むしろ余人をもって代えがたいという意味では、通常の官職よりも重く、実資は考えている。

ゆえに日記を記すに際しては、実資は常に心を研ぎ澄ませ、背筋を伸ばして取りかかっているつもりだった。一種の神事のような厳粛さと言ってもよい。

だが、あえて日記から外そうとしているものもある。たとえば、安倍晴明《あべのせいめい》がどのように魔と戦い、闇《やみ》を祓《はら》ってきたか。晴明自身がやめておけと言ったこともある。だが、そのまま書いても、実際に体験したことがないものが読めば絵空事に見えてしまう。そうなったときに、日記全体を軽んじる輩《やから》が出ないとも限らない……。

「この日記を読む者たちは、この日記から何を読むかな」

日記に書くような内容は、その日に目立った出来事が多いだろう。目立ったということには「滅多に起こらないこと」という意味もある。自分や養父の日記を読み返しても、貴族たちの争いはさまざまに出てくる。それだけ読むと、大内裏《だいだいり》はまるで修羅《しゅら》の巷《ちまた》のように読めなくもない。だが、滅多に起こらない珍しい争いごとだったので日記にしたと、気づいてもらえようか。

また、日記に書くにふさわしくないことから目をそらすために、あえて別の出来事を書いておくことだってある。文章で物事を記すことを深く考えれば考えるほど、実資はそうせざるを得なくなってきたのであった。

実資は先日の道長の事件を記すのをやめた。

思いだけが、秋の夜の底を流れている。

翌朝、参内《さんだい》した実資を道長が訪ねてきた。

「左近衛中将どの」と道長の声が晴れがましい。「だいぶ朝夕が冷えるようになりましたな」

左近衛府へ行くまえにと、近くの局《つぼね》に呼ばれたのである。

左近衛府は大内裏の陽明門《ようめいもん》の北西にあった。

昇官するとなれば急に時候の挨拶《あいさつ》のひとつもするようになったかと、実資は内心では苦笑した。

「さてさて道長どの。今日はいかなるご用向きで」

途端に道長が冠に覆われていない横髪をかく。

「いや、私が間違っていました。噂はすでに……？」

「耳にしている」

「従三位に昇進するというものの、それに見合うような振る舞いがよくわからないのです」

道長が情けない顔をするので、実資は笑ってしまった。

「ははは。徳ある者は官職に就くときには、それ以上の器を事前に作り上げているものだと言うが、なかなか難しいものだからな」

こういうところが道長の場合、ある種のかわいげになっているのだろう。

「いままで通りでもいいものでしょうか」

「半分はそれでよいし、半分はそれではよろしくないだろうな」

「その意味は……？」

「いままで通りであるべきなのはその心さ。昇進しようと驕《おご》らず威張らず、謙虚に帝《みかど》と人びとのために真面目に生きることだ。それは昇進だけではなく、降格したときにも同じこと」

道長が口をへの字にした。「せっかく従三位になろうというのに、縁起でもない」

するとそこに涼やかな声が、夏の風に乗って流れてくる。

「実資の話はとても大切なことを告げていますよ」

そう言って晴明が局を覗《のぞ》き込んでいた。

「おお。晴明」

「摂政どのに呼ばれて参内したが、ふたりの声が聞こえたのでな」

晴明も局に入ると、先ほどの話の続きをした。

「いま道長どのは降格なんて縁起でもないとおっしゃいましたが、禍福《かふく》はあざなえる縄の如《ごと》し。陰陽道《おんみょうどう》とは陰と陽が交互に現れ、混じり合い、対立し合うさまを教えています。神仏は人間を試すのに、その人を幸福に置いたり、また不幸に置いたりしてみるものです」

「何でそんな面倒くさいことを……」

「幸福のときに慢心せず、感謝と報恩に生きられるか。不幸のときに他人や世間のせいにせず、天の意志を読み取って努力を重ねられるか。それを試されているのですよ」

「はあ……」道長にはやや難しかったらしい。

「晴明。俺は思うのだが、目に見えるような大きな幸福や不幸だけではなく、一日のなかでも調子の良し悪しだとか、有り難かったことと不本意だったこととか、そういうのも先ほどと同じように考えるべきではなかろうか」

と実資が自分の考えを口にすると、晴明は目を細めた。

「一年、一月、一日。それぞれのなかに陰と陽がある。そのなかでどのように身を処していくか。これが陰陽道の根本。ふふ。実資も、いつの間にか陰陽師みたいになってきたかな」

「おだてないでくれ。ただ思うのだが、幸福であれ不幸であれ、いついかなるときも神仏に純粋に感謝をしながら生きていけるなら、それは幸福の連続なのではないか、とな」

「賢者ですね」と道長が愛想笑いを見せた。

「まったくそんなことを思ってもいないと顔に書いてあるぞ」

「いえいえ。反省していますよ。私なぞは神仏には願掛けばかりですから」

「信じないよりはましとも言えるかもしれぬが、恩恵をくれる神ならば信じ、人間の間違いを問いただす神を否定するならかえってたちが悪いぞ」

反省反省、と繰り返す道長が話題を変える。

「それで、左近衛中将どのを呼び止めた理由なのですが」

「実資でいい」

道長に官職で呼ばれるのは何かこそばゆい。

「それでは実資どの。実は円融院中宮《えんゆういんちゅうぐう》さまが四条第《しじょうだい》への遷御が決まりまして」

「待て」と実資は表情をあらためた。

円融院中宮とは藤原遵子《じゅんし》のことである。関白《かんぱく》だった藤原頼忠《よりただ》の娘であり、母は醍醐《だいご》帝の孫にあたる厳子《げんし》女王だった。先日、道長とひと悶着《もんちゃく》あった公任《きんとう》の姉でもある。

つまり、血縁としては実資と、いとこ同士だった。

実資は円融帝の頃から頭中将《とうのちゆうじよう》を務めていたし、円融院中宮とは同年でもあったので、知らぬ仲ではない。穏やかな性格の人物だ。円融帝が譲位してからは実資所有である二条第《にじよう だい》でひとり穏やかに暮らしている。

円融院中宮には、子がいなかったのだ。

ところが、これで話は終わらない。

遵子が入内《じゆだい》した年、もうひとりの后が円融帝に入内《じゆだい》した。名を藤原詮子《せんし》。藤原兼家の娘で、道長の実姉である。誇り高く勝ち気で、好き嫌いも気性も激しいところがあった。

当然のようにふたりは対立する。詮子は円融帝の第一皇子である懐仁《やすひと》親王を産むが、中宮冊立は遵子になされた。だが、先に述べたように遵子は子に恵まれず、詮子の産んだ懐仁親王が今上帝（一条《いちじょう》帝）に即位したのである。

これにより、詮子は皇太后となった。

さらに付け加えれば、詮子は数あるきょうだいのなかでも、どういうわけか道長を溺愛《できあい》していた。

円融院中宮と皇太后詮子という姉同士の対立――遵子のほうではそのような対立をあまり望んでいないようだが――と、公任と道長という弟同士の対立がいつも比べられるのは仕方のないことだろう。

言ってみれば皇太后派の張本人である道長が、対立する円融院中宮の四条第への遷御の決定を実資に伝えてきたので、やや違和感を覚えてしまったのだ。

「何かございましたか」と道長。

「円融院中宮さまご自身、円融院にならって仏道三昧《ざんまい》の日々を送りたいと考えているのは聞いていて、いくつか候補は挙がっていたが四条第でよいのだな」

「はい」

「このような狭い局だからあえて聞くが、おぬしや皇太后さまが無理やり関与したようなことはないな?」

道長が苦笑した。

「はは。率直な言い方ですね。さすが実資どの。私は関与していませんし、たぶん皇太后さまも関与していません。いま話したのは、父からの申しつけで、随身《ずいじん》などの手配をどうしたらいいかを内々にご相談したかったからです」

実資は閉じたままの檜扇《ひおうぎ》を顎《あご》につけながら、独り言のように確認する。

「四条第はもともと円融院中宮さまの父である藤原頼忠どのの所有。天元《てんげん》三年に内裏が火災に遭《あ》ったあとには円融院も移られたことがあるから、場所としては申し分ないが」

「円融院中宮さまも、懐かしい四条第への遷御は楽しみにされているようで」

「そうであろうな。まあ、正式な順番で通達されるよりまえにおぬしから話を聞いたことはいったん横へ置いておこう」

「そうしていただけると助かります」

実資は自分のなかの日記之家の知識を探究するまえに、道長にもっとも大事なことを確認した。

「ところで、何日後の予定か」

「早ければ早いほどいいとは思いますが、何しろ準備もいります。何よりも、陰陽師に日の吉凶を占ってもらいませんと」

と言って、道長は晴明を見て、一礼した。

晴明は髭《ひげ》のない顎をつるりとなでると、やや意地悪な笑みを浮かべる。

「それこそ正式な通達がないと、私もどうしようもないですねぇ」

道長がややうつむいた。実資は、晴明が軽く道長をやり込めてくれたのが妙に楽しい。

「ふふふ。たしかに晴明の言う通りだ。けれども、ここだけの独り言というのも悪くはなかろう」

「なるほど。独り言か」

「それで道長はさておき、俺は助かる」

晴明は軽く顎をそらせ、視線を天井に向けた。晴明の瞳《ひとみ》が輝きを強くし、上下左右に忙《せわ》しく動く。天井を突き抜けて、昼の空の時を超え、天文の星々を見通し、複雑な計算をし、吉凶を占っているようだった。

「――遷御ということであれば、もっとも近い吉日は四日後。その次は十日後の夕刻以降が吉と出ている。その次は三十日以上あとか」

「ふむ。最後のは少し遠いな。となると十日後を目指すしかないか」

「まあ、あくまでも私の独り言だ。ここでは占《せん》に使う式盤《しきばん》もないしな」

「大丈夫だ。陰陽寮の若い連中がよってたかって占うよりも、晴明の頭のなかのほうがよほどすぐれている」

「ふふ。珍しくおだてるではないか」

「左近衛中将とはそういうものだからな」実資はその言葉通り、左近衛中将の顔になって道長に言った。「おそらく今日中には話が出てくるだろう。随身などの手配についてはそれから知らせる」

「承知しました」

実資の頭が忙しく回り始める。

「晴明。もうひとつ頼まれてくれるか」

「何だ」

「円融院中宮さま出立の折の反閇《へんばい》、おぬしに頼みたい」

反閇は禹歩《うほ》とも言う。大陸の古代王国・夏の禹《う》王が国中を視察し、歩行が困難になるほどだったという故事にちなむ。祓魔と地鎮と招福のための作法であり、帝などの貴人が外出するときにその無事を祈念して陰陽師が行った。

「わかった。引き受けよう」と晴明があっさり答える。

「助かる。おぬしがあっさり引き受けてくれたので、道長が何か言いたそうな顔をしているが？」

「陰陽師とはそういうものだからな」

今日は忙しくなりそうだな、と実資が立ち上がったとき、道長がまったく別の話を振ってきた。

「そうそう。もうひとつあったのでした」

「何がだね」

「実資どのへお伝えすべき事柄です」

腰を浮かせた実資が身構えていると、道長はこう言ったのだ。

「円融院中宮さまが四条第へ遷御なさったら、婉子《えんし》女王も四条第へ遊びに行きたいと漏らしていらっしゃったとか」

どこかで鳶《とび》が鳴きながら慌ただしく飛び立つ音がした。


婉子女王は、下り位の帝である花山帝（花山太上《だいじょう》天皇）の女御だった。為平《ためひら》親王と源高明《たかあきら》女の間に生まれた。寛和《かんな》元年に入内したが、乱行で知られた花山帝に振り回されるだけ振り回され、ろくな寵愛も受けぬうちに花山帝は落飾してしまった。女王の女御であったから王女御と呼ばれてもいたが、花山帝が出家してしまったため父である為平親王の邸に戻り、元通りに婉子女王の名で呼ばれるようになった。

婉子女王は現在十六歳。まだまだ暑い晩夏の日々にあって、ひと足先に秋の涼しさが来たように、うっとりするような美しさを見せる萩《はぎ》や尾花や撫子《なでしこ》の如く、日ごと美しさを増している。

花山帝は多情で多淫《たいん》のきらいがあったが、ひとりの后に心を奪われた。藤原為光《ためみつ》の娘である藤原忯子《しし》だった。その忯子がお腹《なか》に子を宿したまま亡くなったのをひどく悲しみ、懊悩《おうのう》し、出家の策略に追い立てられていくのだが、死んでしまった寵姫は花山帝のなかで不二の美しさを纏《まと》っていく。そのため、花山帝は婉子女王の美しさに気づくことはなかったのではないだろうか、というのは実資だけの感慨だろうか。

「女王殿下か……」

清涼殿《せいりょうでん》の西廂《にしびさし》、誰《だれ》もいないのを確認して、実資は小さく呟《つぶや》いた。

いくつかの縁と事件が重なって、実資は頭中将としてだけではなく、ひとりの男としても婉子女王と親しく接する機会が増えた。それらは呪に絡んだものが多い。婉子女王を慕うあまりに夜な夜な彼女を苦しめるようになってしまった生霊《いきりょう》を、「藤原実資」と書いた人形《ひとがた》で寝所に立ち入らせないようにしたこともあった。

そのような交流だったが——むしろそのようなごくありきたりのやりとりに収まらない交流だったからこそというべきか——いつのまにか実資のなかで婉子女王の存在は抜き差しならぬほどに大きくなっていた。

われながらどうしたものかと、持て余さないではない。

実資の一方的な気持ちだけとも思えないのがまた、実資を悩ませていた。

西廂の向こうから、ほとんど足音を立てずに人がやってくる。

「どうした、実資。ずいぶん陰の気をまき散らしているようだが」

晴明だった。

「ああ。晴明だったか」他の人物に先ほどのつぶやきが聞かれたら、大事である。

「女王殿下がどうした？」

「聞こえていたのか⁉」

晴明はおかしそうに檜扇を開いて口を隠した。

「陰陽師とはそういうものだからな」

実資は頭の後ろをかく。

「いつぞやの歌会を思い出していた」

「女王殿下の歌が恋を歌っていたのに、おぬしがそれを無視して返したという、あれか」

実資は周りに誰かいないか慌てた。

「その通りなのだが、そんなにはっきり言わないでくれ」

晴明が軽やかに笑っている。

「地震のとき、大急ぎで女王殿下の身を確かめに行ったのだろう？」

「ああ」

「女王殿下、喜んでいただろう？」

「まあ……」

晴明が檜扇を閉じた。

「そうであるなら、何を悩んでいる」

「いや……。何というか、女王殿下、俺よりも十五も年下なのだが、どうにもしたたかで……」

生霊返しのためとはいえ、実資の名の記された人形に囲まれて夜寝るのを心強く思っているようだし、歌会での実資の歌の「外しっぷり」に対する笑顔は実に怖かった。

「女というものは若かろうが年を取ろうが、女よ。愛らしさも怖さも、ずっと備わっている」

「それと比べると男は愚かだな」

「それもまた陰陽の妙さ」

ふたりは顔を見合わせて笑った。

「婉子女王。高貴な血筋で天女のように美しいのに、ときに巌《いわお》のように取り付く島もない」

晴明が檜扇を懐《ふところ》にしまいながら言う。

「実資よ。もうそれは、『惚《ほ》れている』というのだよ」

「なっ……」

実資の顔が熱くなった。何か言い返そうとしたところで、晴明がふとよそ行きの表情になる。誰か来たのか、と思っていると、向こうからぱたぱたと童のような足音をさせて、男が歩いてきていた。

中納言《ちゅうなごん》藤原顕光《あきみつ》である。向こうがこちらを認めると、先に声をかけてきた。

「おお。左近衛中将どの。安倍晴明どのも。いやいや、大変なことになったな」

「大変……」

「ほら、円融院中宮さまの遷御。左近衛中将どのには大変ではないか？」

顕光はやや小柄である。晴明のような、神がかったような白皙《はくせき》の美貌《びぼう》にはほど遠いが、人あたりのよさそうな円満な顔立ちをしていた。顕光にとって摂政兼家は叔父だから、道長とはかなり年は離れているが従兄弟《いとこ》同士になる。実資よりもずいぶん年上だが、一度、蹴鞠《けまり》のことで気まずい関係になってしまったことがあった。それについては実資が自らの非を認めて謝罪し、受け入れてもらっている。

「まあ、大変は大変ですが。みなが力を合わせれば滞りなくいくでしょう」

実資が丁寧に返事をすると、顕光は手を打った。

「おお、おお。さすがは左近衛中将どの。日記之家の当主として、このくらいはかんたんか」

「そのようなことは……。もし万一そのような心を持てば、そこが隙《すき》となって予期せぬ失敗につながりましょう」

実資が何か言うたびに、顕光はずいぶんと褒めちぎっていた。

「なるほど、なるほど。安倍晴明どのもいるのだから、儀式の面でも問題ないというところかな」

「よく世話になっています」と実資が言うと、晴明が静かに頭を下げて見せた。

「近頃は何かと物騒だと聞く。窃盗も横行し、人ともあやしのものとも思えぬものが跋扈《ばっこ》しているとも。私にできることがあればいつでも協力するからな」

「恐れ入ります」

そのあと二言、三言残して、顕光は去っていく。すっかり顕光が見えなくなると、実資は眉根《まゆね》を寄せた。

はあ、とため息をつくと晴明が声に出さずに笑う。

「珍しいな。おぬしがそんな態度を取るとは」

実資は念のためもう一度周囲に人がいないかを確かめると、

「蹴鞠の件は解決しているのだぞ？　俺もちゃんと謝ったし、顕光どのはそれをよしとしてくれた」

「仲直りの蹴鞠もしたしな」

「そうだ。そうなのだが……むしろそうだからなのか――？」

「煮え切らぬ物言いだな」

どこかから貴族たちの笑い声が聞こえ、実資はさらに声を潜めた。

「あの人が出てくると、物事が止まるのだ」

「ふむ？」

言いにくい話になるが、と前置きして実資は近くの局に晴明と入る。

「晴明。顕光どののことはどこまで知っている？」

「関白であった兼通《かねみち》どのの長男で、中納言として公卿《くぎょう》に列している。だが」と晴明が複雑な笑みを浮かべた。「弟の朝光《あさみつ》どのは大納言になっている」

兄が中納言で、弟は大納言。これを任じたのは父の関白である。厳しい評価だが、兼通の死後に、道長の父の兼家に権力が移っても、この官位の差は埋められていない。

「昔は、まだよかったのだ。ところがいつの頃からか、そうだな、俺の邸が燃えた頃あたりからか、目に見えて仕事ぶりが迷走しはじめた」

晴明が一瞬、返事に戸惑う。

「――迷走？」

「準備するものはことごとく間違える。持って行くべき話は違う省へ伝えようとする。儀式を主催しても段取りがちぐはぐで、参加する者たちがみな笑いを堪《こら》えている」

ついには公卿の朝議において顕光が主催の番が回ってきたときには、全員欠席で流れてしまったこともあるとか。

「――大変なものだな」

「人柄は決して悪くないのだが、頼んでおいたことはほぼ忘れる。まあ、若い役人などはそれを逆手にとって、顕光どのに願い事をしておけば二日は休めると喜んでいるが」

「……おぬしの日記にはそれほど出てこないようだが」

実資が首をがっくりと折った。

「いや、無理だ。無能すぎて、顕光どのの仕事ぶりをいちいち書いていたら筆がすり切れる」

「………」

「だが、もっとも問題なのは本人は仕事ができると思っているところなのだ」

「なるほど。いちばん始末に負えないな」

「無能の自覚を持ってくれとまでは言わないが、何というか、ほどほどのところで身を引いて、歌なり蹴鞠なり何か別の生きがいを見つけてほしいと切に願っている」

「なまじ、最高権力者の父を持ったがゆえに、政の世界からすっぱり身を引けぬか」

実資は黙って苦笑いをしてみせた。

「あるいは低い官職で満足できればよかったのだ。中納言などにならず、参議とか」

「もっと上の官職に就けてやりたいという親の欲目かもしれぬな」

「その気持ちは幾分かあっただろう。だがな、晴明。藤原家といっても大勢いる。主立った貴族の八割くらいは藤原家の者たちだ。となれば、同じ藤原家と言ってもいろいろな人物がいる。考えが読めないどころか、会ったこともない人物もいる」

「ふむ」

「偉くなるのも孤独なものなのさ。信頼できる者がどんどん減っていく。考えの合う者もならば、自分の息子どもなら信頼も出来るし、考えも似ているだろうと思いたくなってしまうのだよ」

晴明がほろ苦く笑っている。

「人というのは憐《あわ》れなものだな」

ああ、と実資は頷《うなず》き、続けた。

「自分と自分の息子は別人だと心底思えるようになるのは、なかなか容易ではないのだろう。息子のほうでも親の期待に応《こた》えたいだろうしな」

「そこで悲劇が生まれるか」

実資は首を横に振る。

「喜劇かもしれぬ」

「そうだな」

「少納言になるまで立派だった人物がいたとする。これまで立派に働いて少納言としてもすぐれているのだから中納言にしてやろうとみなが考え、昇進させる。すると途端に何もできなくなる人物というのもいるのだよ。きっとその人物は少納言がふさわしい器だったのだ。顕光どのも、摂関家になど生まれず、藤原家でも傍流で五位止まりくらいだったらよい仕事をしたかもしれぬ」

「はは。少納言のたとえよりは、ずいぶん顕光どのの官職を下げているようだが」

「さっき言っただろ。無能すぎていちいち書いていたら筆がすり切れる」

実資が立ち上がった。晴明もそれに続く。

「円融院中宮さまの遷御の準備は進んでいるのか」

「中宮大夫《ちゅうぐうのだいぶ》、左衛門督《さえもんのかみ》、権中納言、右衛門督《うえもんのかみ》、勘解由長官《かげゆのかみ》、修理大夫《しゅりのだいぶ》、左兵衛督《さひょうえのかみ》、それから主殿寮《とのもりょう》、侍所《さぶらいどころ》などといった、関《かか》わりが出るところへは正式に通知された。円融院中宮さまとしてはすでに円融帝、花山帝、今上帝と御代《みよ》が移り変わっている以上、なるべく静かに行いたいと、たとえば用いる乗り物も御輿《みこし》ではなく御車《みくるま》でと思《おぼ》し召しとか」

「なるほどな」

「大内裏の外のことだから、源頼光どのにもご助力いただく予定で根回しはした。陰陽寮からの吉日の知らせと共に、関係するところに知らせたよ」

「さすがだ。それにしても、権中納言どのということは、中納言顕光どのではないのだな」

「意地悪なことを言う」と実資が軽く肩を揺らした。「当日何が起きるかわからぬ。決まり切った儀典でも難しい人物に、お願いはできないよ」

「つらいところだな」

「恨みは俺がかぶるしかない」

「その恨みを祓うのは私の役目か」

「そのときは、頼む」

「陰陽師とはそういうものだからな」

あとは二条第の円融院中宮のところへ挨拶と説明に行けば、今日のところはおしまいだ。実資はこのまま晴明を伴っていくことにした。当日の反閇の挨拶をさせておきたかったし、終わったら晴明の邸でくつろごうと思ったのだ。


円融院中宮の遷御の日がやってきた。前日までに四条第のしつらえは整えてある。日中は左近衛中将としての勤めをこなし、日の暮れるのを待った。

晴明の占のとおり、夕刻から始まるからだ。

実資は中宮に挨拶をしたあと、すでに集まっている中宮大夫や左衛門督たちに声をかけて回った。中宮の父である頼忠も、二条第に来た。娘が戻ってくるのを待ちきれないのだろう。

実資があちこちに顔を出して回っている合間に、隣にずっといた晴明が声をかけてきた。

「遷御というのは忙しいものなのだな。中宮大夫らならともかく、彼らの家人《けにん》たちにまで声をかけていては、遷御のまえに疲れてしまうだろう」

「まあな。いや、ほんとうならもっと手を抜いてもいいのかもしれない」

「ほう？」

「勤めとしてなら、中宮大夫どのがみなに声をかけるほうがいいのかもしれない。しかし、中宮大夫どのも円融院中宮さまのお相手で忙しい。となれば頭中将をやっていた俺が次点になる。まあ、中宮さまの遷御に際して他の官人たちの労をねぎらえとは律令には定めていないがな」

「ふふふ。しかし、そのほうが声をかけられたほうはうれしかろう」

「そう思ってくれると俺もうれしい。それにこの二条第は俺の所有だしな」

みなに声をかけ、頭を下げながら、実資は晴明を伴って門の外に出た。門の外にも官人たちが控えている。そのなかでもひときわ目立つのが源頼光とその家臣たちだった。

今夜の頼光は、武官としていつでも戦えるように太刀を携えて来ていた。

「頼光どの。今日はよろしくお願いします」

と左近衛中将の実資が頭を下げれば、頼光もまんざらではない表情になる。

「とんでもないことです。こちらこそ。京内の道中、あやしきものどもには指一本触れさせませぬ」

「頼光どのがいらっしゃれば、そのような無謀を冒すものもいないでしょう」

と実資は歯を見せたが、頼光のほうは意外に渋い顔を見せた。

「それがそうでもないようなのです」

「何と」

「中納言顕光どのから聞いた話で、最初は半信半疑だったのですが――いや、せっかくの遷御の日にこのような話はやめておきましょう」

しかし、実資は違うことを口にした。

「その話、詳しくお聞かせください。幸い、ここには晴明がいるし、頼光どのも鬼と戦えるお方だと聞いています。遷御の日だからこそ、凶事や不安になりそうなところは俺もぜんぶ把握しておきたい。よろしければ、なかで湯漬けを一緒に食べながら話を聞かせてください」

遷御は亥《い》の刻（午後十時）である。遅い時刻であるため、実資は湯漬けを手配していた。

他の者たちへの湯漬けの指示を出しながら実資は晴明と頼光を招いて間に入る。

いつもは静かな夜を楽しむ頃合いだが、今宵は遷御の準備で立ち回る人の気配でよほどに騒がしい。

ほどなくして湯漬けが出た。

「ごくありきたりですまないが……」

と実資が頭を下げる。

晴明は匙《さじ》で湯漬けを口に運ぶと、微笑んだ。

「ありきたりなものか。うまいぞ」

頼光も精悍《せいかん》な顔をほころばせる。

「ええ。夜に温かい湯気の立つ湯漬けというのは、この温かさも贅沢《ぜいたく》なものです」

「そう言っていただけると何よりです」

邸のあちこちでも湯漬けを楽しむ声が聞こえてくる。

「こうやって同じものを食べ、同じ仕事をすると、互いの心が思いもよらず近くなるのを感じるものです」

「まったくです。ときに頼光どの。先ほどおっしゃっていた中納言顕光どのから聞いた話、というのは――?」

そうでした、と湯漬けを流し込んだ頼光が手の甲でぐいと口を拭《ぬぐ》った。

「四条第は左京ですが、最近四条通りあたりも物騒だとかで。盗みの被害に遭う邸も多いとか」

「なるほど……」

「さらには、あやしのものどもです」

と頼光が言うと、晴明がかすかに目を細めた。

「何か、出ましたか」と晴明が促すと、頼光が背筋を伸ばして実資に向き直る。

「左近衛中将どのにお伺いするのも妙な話なのですが、蔵人《くろうど》のなかで最近欠勤が続いている者はおりませんか」

「いるようです。源盛光《もりみつ》という男ですが、よくご存じでしたね」

「近頃、妻を得たとか……？」

ええ、と答えた実資が怪訝《けげん》な表情を作った。

「ずいぶん、お詳しいですね」

「その盛光という蔵人が通っていた女というのが、実はあやしのものだった、と」

「何ですと」

あくまでも噂ですが、とことわって頼光が続けた。

――その女は羅城門《らじょうもん》のそばに住んでいたらしい。あまり近くの者たちと交流はなかったようで、どのような素性の姫かは定かではなかった。

いつも甘やかな香りが漂っている邸だ。

もともと親しい親類や夫くらいにしか顔を見せないのがこの時代の女だ。見た目以外の要素で美醜を想像され、判定される。たとえば歌であり、書であり、管弦であるが、香りも重要な基準だった。

このような甘やかな香り、この世のものとも思えぬ。

きっと天女のような姫が住んでいるに違いない。

自分を安売りしたくないと、いろいろな男の誘いを袖《そで》にしてるそうだ——。

人びとの想像だけが先走りし、人の口から口へと伝わった。

やがて蔵人の盛光の耳に入り、彼は興味を持った。

『かかる場所にこそ、山間《やまあい》の菫《すみれ》のような可憐《かれん》な姫がいるというものよ』

何度か訪れ、歌のやりとりをし、とうとう邸に招かれた。

盛光が初めて通った夜に、「痛い」という声が三度聞こえたという。

翌朝——。

甘やかな香りは消えていた。

それだけではない。

女の邸も消えているではないか。

以来、盛光の姿を見た者もいないという……。

話を聞き終わって、実資は眉を思い切りひそめた。

「聞いておきたいといったものの、なかなか厳しいな。――晴明、どう思う？」

「陰陽師というものは帝や内裏を守るために力を振るう。そのせいでどうしても京の市中への警戒が手薄になるのだが、これは私や頼光どのの出番だろうと思う」

「そうか……」と実資が湯漬けに匙を入れた。すっかり米が湯を吸っている。「配下だった蔵人のことでもあるし、遷御が無事に終わったら様子を見に行かねばならぬか」

「そのときはご一緒しましょう」と言う頼光の表情がさえなかった。

「それは心強いのですが、何か気になることでも？」

「いえ。――実は道長どのがその女に興味を持ってしまったようで」

次の犠牲者にならなければいいのだが、と頼光が嘆いているのだ。

実資がため息をついた。

「すっかり失念していたが、あいつは正妻をまだ迎えていないのだったよな」

「左様にございます」

「噂通りなら従三位になる身分だ。先ほどの話ではないが、自分を安売りされては困る。そろそろしかるべきところと縁づけて身を固めるべきだろう」

するると、晴明と頼光がくすくすと笑い出す。

「そういう実資こそ、女王殿下をどうにかしたらどうなのだ」

「う」

「この頼光の耳にまで届いています。ゆえに女王殿下は他の男のところへはもちろん、出家を志すこともなく、ただ父親王の邸で待っておられる、と」

「な」

晴明が軽やかに笑った。

「ははは。夜闇でもそれとわかるほどに顔が赤くなったぞ」

「か、からかうな」

「からかってなどおらぬ。大真面目さ。それともうひとつ」

「まだ何かあるのか」

と実資が冷め切った湯漬けを流し込んでいると、晴明の目がきらりと光る。

「先の頼光どのの話にあった、三度聞こえた『痛い』という声は、誰のものだったのかな」

実資は言い淀《よど》んだ。「そ、それは、おぬし——あれがあれだったからだろう」

「ふふ。そう思うか」

「違うのか？」

そのときだった。

中宮大夫が険しい表情でやってきた。

「一大事ぞ、実資どの」

「どうかなさいましたか」

「円融院中宮さまの遷御には御車を用いる予定であったが、帝や后方の乗り物を管理する主殿寮が御輿を出してきたのです」

「なるほど。少し確認が必要そうですな」

実資は立ち上がり、主殿寮から来た御輿のところへ行った。

これはどういうことか、と説明を求めると主殿寮の者が言うには、「普通は御輿を使うものだと伺いました」とのことだった。

「たしかにそうだ。中宮さまが御車でいいとおっしゃっていたが」

「存じています。けれども、御輿を使うべきところを御車とは、何かご準備に時間がなかったのか、ご遠慮なされているのか御車を用いようとなさっているように見受けられましたので準備しました。そもそも御車では道理に合わないと……」

主殿寮の者の言うとおり、善意の衝突だった。すでに二代前となってしまった円融院中宮が遠慮して御車をと言ったのでそのまま進めていたのだが、主殿寮としては申し訳ないと思ってくれたのだろう。

主殿寮の独断でできることではないだろうから、摂関家が配慮したのかもしれない。

「どうでしょう、中宮大夫どの。せっかく主殿寮が御輿を出してくれたのですから、こちらを用いては」

「よろしいのでしょうか」

「構わないでしょう」

実資は、こちらに来ていた侍所長を呼んで事情を説明して御車を返すことにした。

ところが、ここでまた別の問題が出てきた。

「通例であれば、后方が御輿を用いるときには騎馬の女蔵人《にょくろうど》がつくものですが、いかがいたしましょうか」

と御輿長が尋ねてきたのである。

そう思うなら最初から連れてきてくれ、とは言わない。そのように当たったところで女蔵人が湧《わ》いてくるわけではない。せいぜい実資への反感が湧き上がるのが関の山だ。

「やむをえません。もともと御輿の準備はなかったのですから。そもそも遷御は深夜に及びます。騎女たちがいなくてもよいでしょう」

このあたりは左近衛中将としての職掌というより、日記之家の当主としての呼吸のようなものだった。

念のために中宮大夫の意見も聞いてみたが、実資に同意してくれた。御輿長はほっとした表情で、まもなく始まる遷御の準備に戻っていく。

御車から御輿への変更に伴う行列などの調整を確認し終えると、ずっとついてきていた晴明と頼光が声をかけた。

「あっさりと解決するものだな」と晴明。

「はは。うまくいったよ。頭中将というのは要するにあちこちの調整役のようなものだからな。その経験も生きたよ」

実資が苦笑していると、頼光は顎の辺りをなでながら、

「いやいや、それは実資どのだったからでしょう。他の人ではうまく収められなかったかもしれない。やはり、実資どのにまた蔵人頭《くろうどのとう》となってもらい、頭中将となってもらいたいものですな」

「ふふふ」と実資は小さく笑うだけにした。

「あの人物、中納言顕光どのならどうなっていたかな」

と晴明が冗談めかして言うと、頼光がやや遠くを見るようにする。

「紛糾《ふんきゅう》したでしょうな」

「紛糾……。頼光どのもそのように評されますか」

「顕光どのにかかれば、一の仕事が十にも二十にも膨らむと、存じ上げております」

ははは、と笑った晴明が表情を引き締めた。

「実資。どこかで心を静める場所がほしいのだが」

「反閇の準備にかかるのだな。案内しよう」

と実資が言うと、晴明が夜空の月のように冴《さ》え冴《ざ》えと微笑んだ。

「頼む」

……その後はさしたる問題も起きず、晴明の反閇ののち、円融院中宮の遷御は出立し、満了した。遅い時刻であったが夜宴が張られ、実資や晴明たちも遷御を祝した。

だがさっそく翌々日には奇なることが起きたのである。

実資がその知らせを聞いたのは、参内する牛車《ぎっしゃ》に乗り込もうとした早朝のことだった。

「二条第に盗人《ぬすっと》が入っただと？」

はい、と慌ててやってきた実資の家人が告げた。「中宮さまの御在所だったあたりを荒らされました」

実資は不快感に顔を歪《ゆが》めた。二条第は実資の所有ではあるが、一昨日《おととい》まで円融院中宮がいた場所。遷御か盗みか、どちらかの日時がずれていたらと思うと背筋が凍った。

「盗人は捕まえたのか」

「それがまだ……」

実資は参内して手早く指示を出すと早めに退出した。その頃には実資のところに被害の詳細が上がってくる。御衣一襲《おおんぞひとかさね》、袴《はかま》、御太刀、提《ひさげ》などが盗まれたが、けが人はいなかったらしい。安心したものの、すでに耳の早い者たちには二条第の件が伝わっていて、何人かから心配と好奇の言葉をかけられた。

「思ったより話が広まるのが早いな。みんな、暇なのか」

と実資が苦笑して牛車を出そうとすると、頼光が呼び止めた。

「実資どの。こたびは大変なことでございましたな」

「ああ、頼光どの。お耳に入られましたか」

「私の配下が盗人を捕まえました」

と頼光が結論を言うと、実資は目を軽く見開いた。

「左様でございましたか。ありがとうございます」

「とんでもないことです。しかし、実資どの。話はこれで終わりそうにありませんぞ」

「何と」

頼光が牛車に乗ってきた。周囲に聞かせたくないのだろう。実資は牛車を出した。

「その盗人たちが申すには、盗んだものは羅城門ほど近くの姫に献上しようとしていた、と」

実資は目を細めた。「何とおっしゃいましたか」

「その姫、自らを安売りしたくないと貴族ならぬ男たちの誘いは袖にしていたそうで」

「つい先日聞いた話によく似ていますな」

ええ、と頼光が渋面になる。

「その姫の邸、妙に甘やかな香りが漂っているとか」

「それは……」

「さらによろしくないことがありまして」

「まだ何かあるのですか」

「どうも道長どのが、すでにこの女と歌のやりとりを始めているようで」

実資はため息をつく間も作らずに、晴明の邸に急ぐよう命じた。


羅城門は都の南端の門である。城壁である羅城に開かれた門、というのが本来の謂《いい》だった。桁行《けたゆき》七間とも九間とも言われ、梁間《はりま》二間で二重閣が特長とされていたが、天元三年の暴風雨で倒壊し、現在に到る。

再建の計画はあるが、実現に到っていない。

もともと平安京は大陸の都にならって京域を城壁で囲むべきところ、そのような城壁は作られなかった経緯がある。羅城門が南端の守護とはいえ、城壁がないのだから他から入り放題なのだ。それに羅城門の倒壊はこれで数度目。ならば再び大風で倒壊するかもしれない門を建てるより、内裏周りを堅牢《けんろう》にするほうが良かろうと考えたのかもしれない。

しかし、南端に「羅城門」という門が「ある」ことは、都の結界として重要だった。

そのため、名ばかりの門となり、荒れ果てて上部には死体が捨てられるような有様となっていてもそのままにされていた。

夜となれば、暗いことははなはだしい。

そのものすごい闇夜を、北から牛車がやってくる。

羅城門の手前で右に曲がった。

どこからか甘やかな香りが漂ってくる。

梔子《くちなし》にも似ていたが、季節ではない。

香りに引き寄せられるように牛車が進むと邸が出てきた。

門で牛車を止めると、なかにいた貴族――藤原道長は扇に歌を書きつけ、邸に届けさせた。もちろん、この邸の姫にあてた恋の歌だった。

「これで三度目の歌。そろそろ門が開いてくれてもいいものだが」

道長がやきもきしていると、かすかにきしんだ音を立てて門が開く。

なかの姫が道長を容《い》れたのだった。

生唾《なまつば》を飲み込み、突き上げる興奮を抑えながら、道長は邸に入った。

やや古風な、それでいてしっかりした造りの邸である。

姫の寝所へ通された道長は、歌の続きのやりとりもそこそこに、月明かりの下で姫を抱き寄せた。

甘やかな香りが道長の胸を満たす。姫の長い黒髪がしっとり濡《ぬ》れたようになっていた。

「あら」と姫が言ったようだ。その可憐な振る舞いに道長は我を忘れた。

道長が姫の衣裳《いしょう》に手をかけたときだ。

姫の口が道長の顔よりも大きく裂けて広がる。

「あなや」

道長が叫ぶのと同時だった。

「源頼光、参る」

凜然《りんぜん》とした声が夜を斬《き》る。頼光が太刀を抜き放ちながら、寝所に押し入った。太刀が三日月のように光る。道長を頭から喰《く》らおうとしていた魔物の姫が頼光を見た。口の中には無数の牙《きば》。黒絹の髪は汚らしくほつれ、二本の角が生えている。

甘やかな香りはすでになく、辺りには腐臭が漂う。

頼光の太刀。一閃《いっせん》。鬼姫の悲鳴。美姫どころか人ですらない耳障りな叫びだ。頼光の太刀が二度、三度と鬼姫をなぎ、鬼姫に振り下ろされる。血しぶき。鬼姫の反撃。両手で頼光を摑《つか》もうとするが、そんなものに捕まる頼光ではない。

頼光は道長の首根っこを摑むと、寝所から庭に放《ほう》り出した。

「おっと」とその道長の身体《からだ》を、現《うつ》し身の姿を現した騰蛇《とうだ》が受け止める。「主から加勢をするように言われていたけど、このぶんなら必要ないかな」

「おお、螣蛇どの。かたじけない」

と道長が嬉々《きき》とするのを、螣蛇の横に立っている実資が睨《にら》んだ。

「伸びた鼻の下と、たるんだ帯を何とかしろ」

二条第を襲った盗人どもの証言から、羅城門のそばの女なる者を警戒した実資たちは、道長をなだめすかし、最後には半ば脅して、牛車に同乗していたのだった。

「どう見てもよさそうな姫でしたでしょう」

あやしのものなどでなかった場合は、そのまま道長はここで一夜を過ごすことになっていた。

頼光の一撃一撃が、鬼姫の悲鳴を生む。

――喰わせろ。男を喰わせろ。

鬼姫はかなり弱ってきたようだが、まだ頼光を狙《ねら》い、隙あらば庭にいる道長たちにも襲いかかろうとしていた。

晴明どの、と頼光が太刀の合間に呼びかけると、実資の後ろから晴明が出現する。月よりも白い狩衣《かりぎぬ》姿の晴明の手には、すでに呪符が構えられていた。

晴明が鬼姫に呪符を放つ。呪符は意志があるように鬼姫の額に張り付く。呪符を剝《は》がそうと鬼姫の気がそれた瞬間。晴明は右手を刀印に結んで五芒星《ごぼうせい》を切った。

「五行相剋《そうこく》。急急《きゅうきゅう》如律令《にょりつりょう》！」

晴明が最後に五芒星の中心を刀印で切ると、鬼姫の頭部を黄金色の光が刺し貫く。

そこへさらに頼光の太刀。

「怨敵退散！」

鬼姫の胴を真横に斬り捨てる。

と、鬼姫の動きが止まり、その場に崩れ落ちた。

「お見事です」と晴明が頼光に微笑みかける。

「いえ。晴明どののお力に比べれば」

「私の力などありませんよ。神仏の力を降ろしているだけですから」

「なるほど」

「それに頼光どのの太刀がかなりあのものを弱らせてくれていたのが効きました」

実資も庭から上がってきた。

「すごいものだったな」

と実資が言っている間に、鬼姫の身体がしゅるしゅると音を立てて溶けていく。目を見張って見ていると、やがて腐乱した人間の頭部らしきものを残して、鬼姫は消え去っていた。

「あなや」と最後にやってきた道長が腰を抜かさんばかりにしている。

「これが甘やかな香りの正体だったのだろうな」

「これのどこが甘やかな香りなものですか。ただの腐臭ではないですか」

と道長が文句を言っていた。

「最後まで事を遂げられなくて残念だったか」

「実資どの。あまりいじめないでください。これでも衝撃を受けているのですから」

道長が情けない声を出すと、晴明も釘《くぎ》を刺しにいく。

「ふふ。事を遂げていたとしたら、道長どのが身を喰われながら、『痛い』と三度ほども言っていたことだろうな」

実資は顔を曇らせた。

「晴明、それは――」

「部屋の隅を見てみろ。蔵人に許された禁色《きんじき》の衣裳の切れ端が残っている」

「では、行方不明になった盛光は」

「あの鬼姫に喰われたのだろう。『痛い』と三度叫んだのは、盛光どのだったのだよ」

実資が沈鬱な気持ちで唸《うな》る。

夏の夜をぬうように、どこからともなく読経の声が流れてきた。

「これは――？」

「ふむ。『金剛般若経《こんごうはんにゃきょう》』のようですな」と頼光。

夜の鴨川《かもがわ》のように低く静かに、しかしやむことなく『金剛般若経』の読経が続く。

風が吹き込んできた。

「どこぞに僧でもいるのか。……あ、晴明」

と実資が鬼姫の首を指さす。

川の水に砂が流されていくように、鬼姫の首が砂となって風に飛ばされていった。

「ふむ……」

晴明が閉じたままの檜扇を口元にあてる。

鬼姫の首はすっかり砂になって消えてしまった。だが、その砂のなかに小さなものが残っている。晴明は迷うことなく手を伸ばしてそれを手にした。

「何だ、晴明」

「……木簡の一部のようだな」

折れた木簡を月明かりに照らせば、かろうじて文字が書かれているのが読み取れる。

『禅師《ぜんじ》』……禅定《ぜんじょう》に通達した僧のことだろうが、どういう意味だろうな」

「さあな。いまはわからぬよ。時が来れば話は別だろうが」

「そうだな」

気がつけば読経は聞こえなくなっていた。

「どうやらあの読経はあわれな鬼姫に引導を渡すためのものではなかったようだな」

「そうだな。盛光とは別に、あの鬼姫のためにも経のひとつも供養するとしよう」

実資の言葉に、頼光が驚いた顔をした。「この鬼姫のために供養ですか」

「え？　ああ、そうですね」

実資がどう答えていいか戸惑っていると、晴明が小さく笑う。

「ふふふ。実資は私と一緒にあやしのものや呪や生霊を見てきました。だから、この鬼姫が何者かによって作られたか利用されたものだと、直覚として感じたのでしょう」

なるほど、と頼光は感心してくれたが、自分はそんなに殊勝な判断をしていたのだろうかと実資は首をひねるばかりだった。

「いやいや。さすが実資どのは仁者であられる」

と元気をやや取り戻した道長が冷やかす。

実資は眉をつり上げた。

「何を言っているのだ、おぬしは。首尾良く事を遂げたらとか何とか言っていたが、どうせここの姫に手を出すのは遊びであったのだろう。そんなことはもうやめるのだな」

「……はい」と道長が頭をかいた。「実はその、正室を迎える話はないことはないのです」

「ほう。どこのどなただ」

「左大臣源雅信《まさのぶ》どのの娘です。ほんとうは后にと育ててきたようなのですが、花山帝はああなられましたし、今上帝はまだ幼いので……」

源雅信は従一位にある。急速に力をつけてきた摂政兼家を抑えうる唯一の人ともっぱらの噂だった。もし道長が雅信の娘と結ばれれば、兼家への牽制《けんせい》になると考えているものも多く、それをどうしたものかと道長は悩んでいるらしかった。

もっとも逆に見れば、雅信の婿になれば道長自身が父を牽制できるのである。そのうえ、雅信は広大な邸や所領を持つ富者だった。

「正室を損得や世間体その他で考えるのか。気持ちの問題ではないのか」

すると道長は不敵に笑った。

「畏《おそ》れながら、いまの言葉、そっくりそのまま左近衛中将さまにお返し申し上げます」

実資は顔をしかめる。晴明が笑い、頼光が道長を叱《しか》りつけていた。

夜が明けて、実資は盛光とあわれな鬼姫の供養のためにかの邸へ向かったが、夕べ訪れた場所はただの荒れ地となっていた。

ついに実資は、鬼姫の邸を見つけられなかった。

第三章　邯鄲の夢と頼光の神剣

円融院中宮《えんゆういんちゆうぐう》の遷御のあとの、かの鬼姫の一件からさらに数日が経《た》った。

藤原実資《ふじわらのさねすけ》は困っている。

「いやいや。はたして俺が困るべきことなのだろうか」

と内心、ぶつぶつと思っていた。

いま実資は主としてふたつのことで頭を抱えている。

実資が頭を悩ませていることのひとつははっきり言って手の届かない問題なのだが、もうひとつは今日、まさに手の届くところにあった。

からりと晴れた空からの風を受けながら、四条第《しじようだい》の母屋《もや》で円融院中宮と婉子《えんし》女王が楽しげに碁を打っていた。

「円融院中宮さま、お強い」

と婉子が鈴を転がすような声で笑っている。

「ふふふ。女王殿下も、なかなかどうして」

衣擦《きぬず》れの音がして、奥ゆかしい香が広がる。胸がさわやかになるような軽やかな香り。

この季節の婉子の薫香《くんこう》だと知っている。

円融院中宮と婉子という、女人同士のひとときである。御簾《みす》は降ろしてあるものの、男である実資は簀子《すのこ》に座って控えている。まだ強い日差しが実資の半身をじりじりと焼き、衣裳《いしょう》の下の身体《からだ》にじっとりと汗をかかせた。

「ではここはどうでしょう」

「あら？　そんなところが」

お付きの女房たちも含めて、女人たちの楽しげな笑い声があふれる。

なぜ俺はここでこんなふうに暑さに我慢しているのだろう。

婉子が円融院中宮の遷御の挨拶《あいさつ》への仲介を実資に頼んだからなのだが、なぜ俺に頼んだのだろうか。

頼りにされている、と思っていいのだろうか。

いや、うぬぼれてはならぬ、と小さく額の汗を拭《ぬぐ》う。女御《にょうご》の位から去って一歩下がったおかげで、実資のうまい使い方——頭中将《とうのちゅうじょう》の時代に鍛えられた諸事万端の調整力——に気づいたのかもしれない。

いやいや、それはさすがに悪意のこもった見方すぎないだろうか、と実資の心の別の部分が諌《いさ》めた。かほどに可憐《かれん》なお方が、そのような損得尽《ず》くで人を見るようになるだろうか。

いやいやいや、女は怖いぞ。いやいやいやいや——。

鳥がのどかに鳴いている。

「二条第もよいところでしたが、こちらもすてきなところですね」

婉子が目を細めている姿が目に見えるようだった。

「院が仏門に入りましたので、私もそろそろいいかなと思って戻ってきましたけど、やはり実家というものは落ち着きます」

「おっしゃるとおりです」

「とはいえ、私も院にならって四条第では仏道修行に明け暮れようと思っています」

「とても尊いことだと思います」

お世辞ではない。婉子は真心から、円融院中宮の求道の心を称賛しているのがよくわかった。釈迦大如来《しゃかだいにょらい》への篤《あつ》い信仰心を感じる。まだ若いのにすばらしいことだと実資は思った。待てよ。だがこのまま女王殿下が信仰心のままに生きていくとしたら、すぐにでも出家してしまうのではないか。それは少し困る気がする……。

「こちらへ来るにあたっては、左近衛中将《さこんえのちゅうじょう》に大変世話になりました」

ありがとう、と円融院中宮から不意に声をかけられ、実資は慌てた。

「あ、いえ。とんでもないことでございます」

母屋から小さく笑い声がして、実資の頰《ほお》が熱くなる。

「実資さまはほんとうに有り難いお方です。今日も、私、実資さまに無理を言ってこちらに連れてきてもらいましたし」

「あらあら」と円融院中宮が笑った。「私のみならず、女王殿下からも信頼されていますね、左中将《さちゅうじょう》。ふふふ。正四位下《しょうしいのげ》への昇進も、もっともなこと」

「畏《おそ》れ入ります」とだけ答えておく。

七月に臨時の叙位があって、実資は正四位下となっていた。

しかしその昇進の喜びも、かかる高貴な女性《にょしょう》ふたりのまえではまったく霞んで見える。

「こちらに来るとき、直前に車と輿《こし》の問題があったと聞いています。主殿寮が気を使って輿を用意してくれたために、中宮大夫などが頭を抱えてしまったとか。それを左近衛中将が快刀乱麻《かいとうらんま》を断つが如《ごと》く、解決してしまったとか」

「まあ」と婉子が驚く声が聞こえた。「実資さま、ほんとうですか」

「ちょっと誇張がありますが……」耳まで熱くなってきた。日差しのせいだけではない。

「水くさい。実資さまのご活躍、私にも教えてくだされればよかったのに」

「…………」自慢するようなことではない。

円融院中宮が苦笑する。

「まあまあ。そこで自ら手柄を言わないのが左近衛中将のよいところではありませんか」

「そんなこと……存じていますが」

目の前で女ふたりの話の種にされるのは、どうにも居心地が悪い。自分がここにいてこれだから、ここにいなかったらどんなふうに話されていただろうかと思うとぞっとする。

「道長《みちなが》どのなどはご自身のこともたくさん話されるお方のようですが、左近衛中将の活躍もずいぶん吹聴なさっているようですね」

道長め……。

「左様でございますか」と婉子が気の抜けたような返事をする。

「あらあら。左近衛中将以外の貴族の話にはあまり興味がなかったかしら」

やめてください、と思わず言いそうになってしまった。

「そ、そんなことはありません。ありませんが……」

碁石の音がする。

「この世の出来事はしょせん、ひとときの夢。『邯鄲《かんたん》の夢』という話は聞いたことがありますか？」

「はい」と婉子が答えた。

邯鄲の夢、邯鄲の枕、黄粱《こうりょう》の一炊などさまざまな呼び名があるが、『枕中記《ちんちゅうき》』という大陸の物語に出てくる話である。ある若者が生きる目標も見つからぬまま、趙《ちょう》の都の邯鄲で道士と出会う。若者は道士から、どんな願いでもかなうという枕を授かった。

その枕を使ってみると、若者はみるみる出世をし、美しい妻を得た。だが、あるとき冤《えん》罪《ざい》で投獄され、自らの愚かさを後悔して自殺を考えるまでに追い込まれる。

運良く処罰を免れ、冤罪が晴れた若者はついに位人臣を極め、子や孫に囲まれた幸福な生活を送ったのである。だが、寄る年波には勝てず、死を迎える。そのとき若者はふと目が覚めた。いままでのことは道士の枕の見せた夢だったのだ。何十年もの波瀾《はらん》万丈の人生と思っていたが、寝るまえに火にかけた粟粥《あわがゆ》がまだ煮上がってさえいない。若者は悟った。

「人生の栄枯盛衰をすべて見ました。けれどもそれはひとときの夢。あなたは私の欲を払ってくださった」と道士に礼を述べ、故郷へ帰っていったという。

「世の浮沈変転のすべてがつかの間の夢なのだという話、私も感じるところがあります。たしかに夢にすぎないのでしょう。けれども、夢であるからこそ、多くの人の心にやさしい温かさを伝えられる夢でありたいと思うのです」

「はい」

「そのなかにはひとりの女として、魂の片割れのように感じるほどの方と結ばれる幸せもあっていいのではないかと思うのですよ」

「そういう夢も許されるのでしょうか」

婉子の声がひどく切なげに聞こえ、実資の胸が妙に痛んだ。

「誰かを不幸にしたり、自分たちだけで独り占めしたりしないのなら、よいのではないかしら。起きたら覚めてしまう夢ならばなおさら、やさしい夢にしてあげましょう？」

「やさしい夢……すてきな夢ですね」

「夢見る限り、どこかでかなうものだと思っています。それにもうあなたにはほのかな夢があるようですし」

「…………」

「ふふふ。あまりいじめてはかわいそうですね。ね、左中将」

「は、はあ……」としか答えられない。

返答に困る、と思う。

邸の前をごとごとと牛車《ぎっしゃ》が行く。

「左中将のこともあまりいじめてはいけませんね」

「そうですよ？　円融院中宮さま」

「はいはい。返す返すも四条第へ移るときにはほんとうに世話になりました。父も家中の者たちも、もし指揮を執ったのが左中将ではなく他の人だったらもっと手間取っていただろうと言っています」

「畏れ入ります」と実資は見えない母屋のなかへ、丁寧に礼をした。

「ふふ。たとえばそれが中納言顕光どのだったとしたら、十日かかっても二条第から四条第には移れなかったのではないかと言う者もおります」

「まあ。そのようなことをおっしゃっては」と婉子は軽くたしなめるが、愛らしい声で付け加えた。「でも、その通りかもしれませんね」

ほんとうに女は怖い。

「これは人の噂話《うわさばなし》だけではありませんよ？　昨日、私も彼にはほとほと参りましたから」

実資は耳に集中した。「円融院中宮さま。昨日何かあったのですか？」

「昨日、法事を執り行おうとしたのです。このところ雨が降らないでしょ？　それなので、せめてこの小さな身でも『法華経《ほけきょう》』を供養して雨乞《あまご》いをお願いしたい、と」

ああ、と実資は心のなかで感嘆した。これが実は実資の心を悩ませているひとつ目の困りごとだった。雨は天の恵みとはいえ、六月になってからまったく雨が降っていない。七月の終わり近くになったいまも同様である。暦の上では秋とは言うものの、日差しの強さに閉口するばかりで、このままでは稲などの作物への影響どころか飲み水までも心配しなければいけなくなると思っていた。

陰陽師として当代随一の安倍晴明《あべのせいめい》に相談してみたが、「いまは天の時ではない」と首を横に振るばかり。密教僧による雨乞《あまご》いの儀式を執り行うが、いっこうに変化が訪れないで困っているのだった。

鴨川などの川も、糸のように細くなってしまった。

政《まつりごと》に携わる者たちが雨乞いの儀式を行うのは当然でもあった。民の安寧こそが、帝《みかど》の御心《みこころ》であり政の北極星なのである。税を取ることが目的ではない。人びとが幸福に暮らせるようにするのが目的なのだ。稲が実らなければ、人びとは飢える。そのためにはまず水だ。ゆえに帝や内裏は雨乞いを行うのだ。

けれども、もはや政に頭を悩まさなくていい立場の円融院中宮が雨乞いをするとなれば、それはただただ天下国家のための奉仕の心である。それに実資は打たれたのだった。

「まこと、尊いお志をお持ちなのですね」

「ありがとう。けれども、その儀式はきちんと執り行えたのかどうか」

円融院中宮がため息をついた。

「と、おっしゃいますと？」

「顕光どのが当日の導師僧とのやりとりをしていてくれたのですが、まず日付を間違える。先月十日、行おうとしていたのですがいくら待っても導師僧が来ない。人をやってみたら、顕光どのが別の日で伝えていて」

何でも、本来の予定日より三日先で伝えていたらしい。

「――それは」

思わず目の前が暗くなる。自分にまったく関係がない出来事なのだが、胃が痛んだ。

「そのあとも、法具を落とす。壊す。儀式の順番を間違える……」

「何てひどい」と婉子が同情する。

「噂に違《たが》わぬ人物、いえ噂以上の人物でした」と円融院中宮が苦笑したあと、声を落とした。「あのような進行をされては、雨乞いの願いが……御仏《みほとけ》に正しく届いたかどうか」

「円融院中宮さま……」と婉子の衣擦れの音がした。

「大丈夫です。ありがとう」と答えた円融院中宮の声が湿っている。

実資はこの場に晴明がいないのを悔いた。晴明ならばきっと円融院中宮の純粋な発願《ほつがん》への適切な応《こた》えを持っていただろう。だが、実資は陰陽師《おんみょうじ》でも密教僧でも行者でもない。

「円融院中宮さまの雨乞いの祈願、大変尊いことと思います。帝や摂政《せっしょう》以下、われらもさまざまな形で雨を乞うていますがいまだに雨は許されておらず……。もしまた円融院中宮さまが法事をお考えのときには、この実資にご相談ください。お力になりたいと思います」

「ありがとう。左中将」

と、まだ声に涙が感じられるが、やや明るい声で円融院中宮が返事をした。

しばらくして、碁石を打つ音が再びしはじめた。

蟬《せみ》が鳴いている。

碁の音の合間に、笑い声が戻ってきた。

すると、婉子がこんなことを言った。

「実資さま。私も先ほどの方のことは多少存じ上げていますが、何というかその、何とかならないものなのでしょうか」

顕光への苦言である。女王という立場から言えばかなりきわどい発言といえた。しかし、それに眉をひそめるような空気はない。むしろ他の者たちの気持ちを代弁しているようだった。

それは実資も同感だった。

「何とも、難しく……」

それもみな知ってはいるのだ。

「四十の賀は過ぎているのですから、たとえば所領などは十分に与えるけれども、政や諸々《もろもろ》の儀式には関わり合いを持たないような官職というのはないのでしょうか」

実資は内心、舌を巻いた。婉子が言っているのは、所領の徴税に絡む利権で儲《もう》けさせてもいいから、仕事はさせるなということだった。なかなかどうして、男たちでもそこまで大胆に考えるのはできない。それを実頼よりも遥《はる》かに年下の婉子がすらりと言ってのけたのを、すさまじく感じたのだった。

「畏れながら、そのような官職は現行の律令には……」

顕光はすでに中納言《ちゅうなごん》である。それも員外の権職ではなく、正規の枠内での中納言である。そのうえ、先の摂政の子でもある。弟は大納言《だいなごん》だし、なかなか落とせるものではない。官職を落とせるものならいますぐ落としてほしいと、顕光と仕事を多少でも共にしたことのある人間なら、考えているだろうが……。

「世の中うまくいかないものですね」

婉子が年相応の声で嘆息する。実資はどこかほっとすると共に、少しおかしかった。

「本人としてはやる気もありますし、その、自分では『政のもろもろを動かせる人物だ』と自認しているようで」

実資がわざと失言すると、母屋から忍び笑いが漏れる。

それが世間の評価というものだった。

婉子が帰るときに実資も同行して、四条第から下がる。婉子を無事に為平《ためひら》親王の邸に送り届けると、自分の邸に戻るまえに晴明のところへ寄ることにした。

晴明はいつもの柱にもたれて実資を出迎えた。

「よう、実資。女王殿下のお守りは楽しかったようだな」

実資が焦る。「お、おぬし、何を」

「ははは。女物の薫香が混じって匂《にお》ったから引っかけてみたのだが」

「まあ、今日は女王殿下が四条第の円融院中宮さまのところへお出かけされて、それに随行していたのだよ」六合《りくごう》の持ってきた水で喉《のど》を潤して、「お守りは言い過ぎだぞ」

軽やかに笑いながら、晴明は実資のそばに寄った。

「何か変わったことでもあったのかな」

「なぜそう思う」

「陰陽師とはそういうものだからな」

実資は四条第でのことをかいつまんで話した。円融院中宮や婉子の会話も話したが、晴明に聞いてもらいたかったのはそこではない。

「愚痴になるかもしれんが、聞いてくれるか」

「構わんよ」と言って晴明は六合を呼んだ。「酒を用意してくれ。実資がご所望だ」

はい、と微笑んで六合が酒を用意した。

いつの間にか、晴明の式のひとり、天后《てんこう》が女童《めのわらわ》姿で現れて琴をつま弾きはじめた。日は、ほどよく暮れている。

酒を含んだ実資がため息交じりに、話題を変えた。内容は顕光の所業である。

「なるほど。かねてからいろいろと見聞きしていたが、仏事をそこまで翻弄《ほんろう》させるとなると、無能を通り越して有害かもしれぬな」

ああ、と実資が苦い顔をした。「政なら俺たちが取り繕うことはできる。これまでもそうしてきたからな。しかし、御仏の儀式を混乱させるのは、御仏への冒瀆《ぼうとく》にも等しい。さらには円融院中宮さまの尊い供養の心をも踏みにじる行為だ」

「女王殿下のおっしゃったように、どこかに飛ばしてしまうことはできないのか」

「なかなか厳しい。四条第では言わなかったが、律令の定めのない令外官を作るという方法があることはある。しかし、左遷先として適当な令外官を作るなど、聞いたことがない」

そんなことが許されれば、ときの権力者が気にくわない人物を次々と名ばかりの令外官にしてしまう前例を作ってしまう。それは日記之家《にっきのいえ》の当主としては破れない一線だった。

「左遷というなら大宰府《だざいふ》にでも送り込むか」

「ははは。菅原道真《すがわらのみちざね》公のようにか。それで怨霊《おんりょう》になる？　始末に負えぬわ」

「ふふ。少し酔ったか」

天后が実資をからかうように微笑みながら、琴を続ける。

なかなかにうまい。

「いや。酔ってはおらぬ。おらぬが、どうしていいかわからないでいる」

「そこまで無能とわかっていて、どうして官職を下げられぬのだろうな」

「それが政の愚かなところさ。それに」

「それに？」

「本人としては自分がいなければ内裏は回らないと本気で思っているのだよ」

ふと、杯《さかずき》を傾けようとした晴明の動きが止まった。

「なかなかだな」

「なかなかだよ」

実資は酒をあおった。

「ところで実資。先ほど顕光どのは、円融院中宮さまの雨乞いの儀式を別日に取り違えたと言っていたが、何日だと考えていたのだ？」

「たしか、予定日が先月十日でその三日後だから、六月十三日かな」

ふむ、と晴明が髭《ひげ》のない顎《あご》をつるりとなでる。その目つきが鋭かった。

「雨もまだまだ降りそうにないし、悩ましいことだらけだ」

「はは。日記之家の当主なのだから鷹揚《おうよう》に構えておればいいではないか。過去の日記をよく見てみろ。永遠に雨が降らないなどということはないだろう」

「それはそうなのだが」

「顕光どののことも、歴史のなかにはたまにそういう人物もいよう」

「それもそうなのだが。まったく。政はすっぱり諦《あきら》めて、別のことに生きがいを見出《みいだ》してくれないものかな。双六でも、碁でも、それこそ琴でもいい」

すると、天后が琴の手を止めた。

「実資兄さま、琴はそのような愚か者にできるものではありません」

天后のかわいらしい抗議に、実資は両手を挙げた。

「すまぬ、すまぬ。ただのものたとえよ。さ、もう一度、琴を弾いてくれ。俺は天后の笛や琴を気に入っているのだ」

実資がご機嫌を取ると、天后は実資をひと睨《にら》みしてから琴に戻った。「女をおだてるのは下手なことで」と口のなかで呟《つぶや》きながら……。

翌日、実資が参内《さんだい》して日々の勤めをはたすと、殿上童《てんじょうわらわ》がやってきた。藤原公任《きんとう》が呼んでいるという。「はて、何用かな」と首を傾《かし》げながら、公任がいるという清涼殿《せいりょうでん》の局《つぼね》に行ってみると、挨拶もそこそこに渋い顔の公任が声を潜めた。

「先の間で公卿《くぎょう》たちの会議が行われる予定なのだが」とさらに声を落とす。「今日は中納言顕光どのの持ち回りのようで」

それだけで事情はわかった。

「誰も参加していないのですね？」

「ええ。しかし」

「しかし？」

そこから先は告げずに公任は実資を連れて、公卿会議の開かれる間を覗《のぞ》いた。

がらんとした間の上座に、顕光が黙然と座っている。

他には誰もいない。顕光だけがただ座っているのだ。

こういう状況はよく耳にするし、そのうち何度かは自分の目で見たこともある。またですか、と言おうとした実資を公任が制した。

「見てください。あの顔、あの目つき――」

公任に促されて、実資は目を凝らした。

顕光の頬がこわばっている。目の周りがあやしげに張り詰めていた。顕光はどこか遠くの一点を見つめたまま、唇がかすかに動いている。

「怒っているのか。いや、違うな」実資は目をこすってもう一度、顕光を凝視した。「笑っているのか」

こんな顕光は見たことがなかった。

実資の横で公任が唾《つば》を飲み下す。

「何だかいつもと違うと思いませんか」

「ううむ……」

「私もたまたま通りかかっただけではあったのですが、どうにも気味が悪くて」

実資も、いまの顕光はどこか薄気味悪かった。晴明が一緒にいれば心強いのだが、いまここに晴明はいない。とはいえここは内裏《だいり》の真ん中、清涼殿。そうそういきなりあやしげなことが起こりはしないだろう……。

実資は間に入った。公任も続く。顕光はそのままの姿勢で動かない。いよいよあやしげである。

「顕光どの」

と、実資は手を伸ばせば届きそうな近さで腰を下ろし、声をかけた。

顕光はぎょっとした表情で実資たちを見た。

「おお。実資どの。公任どの」

いま初めてふたりに気づいたような表情だ。

「顕光どの。物忌みなり方違《かたたが》えなりが重なったのでしょうか。今日は誰も集まらないようですから……」

と実資が控えめに声をかけると、顕光は莞爾《かんじ》と笑った。

「はっはっは。いやいや、まだ。どなたかが来られるかもしれぬから」

「予定の刻限からはだいぶ経っています。早い貴族などはすでに退出し始める頃合いです」

「…………」

顕光が不快そうな顔になる。

「流会は珍しいことはありません。今日のところは――」

「わかった」

と顕光が低い声で言った。

どこかほっとする思いで、実資は公任と顔を見合う。公任も安堵《あんど》したような顔つきをしていた。ではこれで、と実資と公任が間を出ようとしたときだった。

「お待ちなさい」と顕光が呼び止めたのである。

「はい?」

「少しよろしいかな」

「はい」と実資たちは再び座した。

「今日は公卿の会議が流会になってしまった。しかし、おかげでおぬしらと話す間ができたのは幸いである」

はあ、と実資が曖昧《あいまい》な返事を返すと、顕光は軽くこちらに膝行《いざ》った。

「いまこの内裏で、いやこの国で巨大な陰謀が進行しているのだ」

そう語る顕光の目が、先ほどひとりで座っていたときの目に戻っている。

「陰謀、ですか」

ずいぶん物々しいなと実資が思っていると、顕光がとんでもない発言をした。

「この国を治めている帝はすでにすり替えられているのだよ」

「何ですと?」

声が裏返った。内容が内容だ。実資は全身が凍りつく。

「これはきちんと証拠がある。いまから数百年のまえ、聖徳太子《しょうとくたいし》によって本朝の神々を押しのけて仏教なる邪教が流入させられた。聖徳太子なる男は、隋《ずい》から支援を受け、私腹を肥やし、この国の陰の支配者の約束を受けて、隋の皇帝たちの思うがままにこの国を壟断《ろうだん》しようとした。さらに」

「あ、顕光どの？　それは、それでは、まるで聖徳太子が悪人のような」

と、無理やりに実資が口を挟むと顕光は平然と頷《うなず》いた。

「然《しか》り。聖徳太子こそ稀代《きだい》の大悪人。隋の命を受けた聖徳太子は隙《すき》を見て推古《すいこ》帝を弑《しい》し奉り、偽の帝とすり替えた。以来、この国は偽の帝を拝している」

「いや、顕光どの。それはさすがに、無理があるのでは」

「聖徳太子の死後、その真実に気づいた蘇我入鹿《そがのいるか》は聖徳太子の血筋を根絶やしにし、太子の書いていた国史も焼き捨てた。蘇我入鹿こそ救国の大英雄。しかし、聖徳太子によってもたらされた隋からの毒水は仏教という偽の教えと相まって、この国を深く犯し、大化《たいか》の改新などという天魔の暴挙を許した」

「あのぉ、隋は聖徳太子のご存命の間にすでに滅びましたが……」

「そう。隋は滅びた。唐《とう》となった。しかし、隋の皇帝たちを操っていた闇《やみ》の支配者たちはいっこうに変わることなく、大陸もこの国もまだ我らの知らぬ地も支配している。それどころか隋よりも遥《はる》か昔、一万年以上にわたって彼らは世を支配している。だから誰《だれ》もそこから逃げられない」

「………………」

顕光は熱に浮かされたように語り続ける。微に入り細に入り、事細かに闇の支配者たちなるものがこの国をどのように骨抜きにしてきたかを語っていた。

「だがこの国が正しい道に戻る機会は何度かあったのだ。偽りの帝を廃し、わずかに残されていたまことの帝の血筋に戻そうとした人びとはいた。けれどもそれらはすべて潰《つぶ》されてきたのだ。それがいま御霊《ごりょう》とか怨霊とか呼ばれる方々。菅原道真公は学識を深めていった結果、真実を知ってしまったために失脚させられた。平将門《たいらのまさかど》公は自らが真正の帝の血を引いていることを知って、この血塗られた都を捨て、東国に新しい都を築こうとして滅ぼされた。崇道《すどう》帝こと早良《さわら》親王殿下は東大寺《とうだいじ》や大安寺《だいあんじ》に止住して禅定に通達したときに真実を知り、故に亡き者とされた。伊予《いよ》親王も藤原吉子《よしこ》も橘　逸勢《たちばなのはやなり》も、みな真実を知ってしまったがために怨霊の烙印《らくいん》を押されて葬られたのである」

話の筋はめちゃくちゃである。そもそも聖徳太子が悪人だなどと、暴言この上ない。悪人と言うなら顕光こそ、いまの帝が偽物だと言い張る段階で臣下としては謀反の企《くわだ》てありと断じられても文句は言えまい。

「それを、顕光どのは本気にしているのですか」

公任が笑っていいものかあきれていいものか、困ったような顔で確認した。顕光は胸を張った。

「本気も何も、この国の真実を知っているのは内裏では私だけだ。私こそがいま唯一闇の支配者たちの真実を知っている。おぬしらは誠実で清げな人柄で知られている。だから真実を教えたのだ」

実資は呆然《ぼうぜん》とした。最初こそ、どうしてそうなったのかと理解しようと努めたが、あまりにも巨大な〝作り話〟に、どこから手をつけていいのかわからないのである。

個々の矛盾はすでにいくつかある。最大の誤謬《ごびゅう》は、尊い御仏の教えを邪教邪説としたことだ。帝が偽物にすり替えられているというのも、あまりに荒唐無稽《こうとうむけい》で言葉を失う。さらには聖徳太子を稀代の大悪人と罵《ののし》ったことも看過できない。

「私は日記之家の当主として、この国の歴史を受け継いできました。たしかにいくつかの企《くわだ》てはあったでしょう。政争もあったでしょう。しかし、いま顕光どのがおっしゃったような陰謀の入り込む隙間はありませんでしたよ」

すると顕光は、実資らを憐《あわ》れむような眼差《まなざ》しになった。

「真実を知らないからな、おぬしらは。この平安京は血塗られた闇の都。本来は怨霊たちがしろしめす場所だったのだ。これが現世の真なる姿。それを私しか知らないからこそ、私はいつもないがしろにされる。会議に人は集まらず、大きな勤めでは足を引っ張られ、物笑いの種にされる」

実資は呆然《ぼうぜん》を通り越して、思考が完全に止まってしまった。公任に振り向けば、彼も同じような顔をしていた。

顕光はふたりを見下すように見つめたままである。

遠くで女房どもが遊び始める声が聞こえた。

顕光はしばらくしていつもの人のよさそうな顔つきに戻ると、「流会でしたな。流会、流会」と頭をかきながら出ていく。

それからしばらくののち、実資と公任の姿は晴明の邸《やしき》にあった。

晴明の邸にはちょうど道長が来ていた。父親のお使いで相談事に来たらしい。

「おお。実資どの。それに公任どのも」

と道長が自らの邸のように朗らかに出迎えた。

「ふむ。道長が先客だったか」

「ああ、いやいや。こちらの用はほとんど済んだから大丈夫ですよ」

実資は少し考えて、「それならば、道長にも聞いてもらおうか」

「珍しいですな。実資どのがそのようにおっしゃるとは。公任どのも、私が同席してもよろしいでしょうか」

「実資どのがそのようにおっしゃるのなら」

家人《けにん》同士の争いの件は、もはやふたりとも何のわだかまりもないようだった。

初めて訪問した公任があらためて晴明に丁寧に挨拶《あいさつ》をし、晴明はいつもの涼やかな笑みで応えていた。

六合が、水といくつかの木の実を用意してくる。

「晴明。俺は、いや公任どのと俺は実に恐ろしい目に遭《あ》ったのだ」

と実資が言うと。晴明は白雲のようにすらりと頷く。

「そのようだな。ふたりとも顔色がよくないし、少々憑《つ》けているようだ」

「憑けている？」と実資が怪訝な表情になると、晴明は「六合」と自らの式を呼んだ。

はい、と応えた六合が、音もなく実資と公任の横に立つ。その手には、柄の長い若草色の団扇《うちわ》があった。これも平城京の頃《ころ》の装束だ。

「急急《きゆうきゆう》如律令《によりつりよう》！」

六合が凜《りん》と発声し、団扇を横にあおいだ。風が光り、実資と公任を撫《な》でた。風が過ぎ去ったとき、実資は自分がいままでひどく気落ちしていたことに気づいた。風に吹かれるまでは、まるで腹の底に鉛を入れられていたようだったと思う。

「六合、ありがとう」

「とんでもないことでございます」と六合が下がる。

「ふむ。取れたな」と晴明。

「何がだ」

「有象無象のあやしのものが憑いていたのさ。虫とか小さな獣の類《たぐい》だからじきに離れたかもしれないが、気持ち悪いだろう」

今日何度目になるのか、実資は公任と顔を見合った。公任の表情もずいぶんさっぱりした印象を受ける。頬に軽く赤みも差していた。

「助かった。ありがとう」

「何の。それにしても珍しい」

「珍しい？」

「おぬしはどれほど忙しいさなかでも、あるいは悪鬼やあやしのものたちをまえにしても、そのように心を乱して雑多なあやしのものどもに取り憑かれるようなことはなかったからな」

それだけ尋常ではない出来事に遭遇したのだろうと、晴明は言っているのだった。

「たしかに俺はひどく心を揺らした。まあ、聞いてくれ」

そう言って実資は、顕光の語った〝陰謀〟なるものを大まかに、かつ自分の意見を交えずに話した。

話が終わると、道長が堪《こら》えきれなくなったのか、とうとう失笑した。

「くっくっく。いやはや。失礼。実に奇想天外な話で。くっく。そうですか。とうとう顕光どのは彼岸へ行ってしまいましたか」

「道長。彼岸とは悟りの世界を現す。釈迦大如来に失礼だぞ」

「そうでしたな。くくく」

とはいえ、道長が笑い飛ばしてくれたのがどこか救いでもあり……。

もし万が一にでも「それは真実ですぞ」などと道長が言い出していたら、どうしたらよいかわからなくなってしまうところだった。

「要するに、顕光どのは自らの無能の責を外に転嫁しているだけなのだと俺も思う」

「ふむ？」と晴明が先を促した。

「順序が逆のように思うのだよ。まず、不遇をかこつ自分の毎日があり、血筋も官職もある自分が十分な働きをできないのはおかしい、自分以外に原因がある、と」

「それで、自分が諸事うまくいかないのはさまざまな陰謀のせいだ、と」

「そうだ。それが歯止めがきかなくなり、自分のように虐げられた怨霊こそ義であり、御仏の教えも帝もすべてが間違っているとまで論を作り上げた」

「あのぉ、実資どの」と、説明を実資に任せていた公任が声をかけた。「こう言ってはあれなのですが、顕光どのはあれほどの話を自分で作り上げるだけの頭があったのでしょうか」

そう問われて実資は、一瞬呆《ほう》けたような顔になった。

「ううむ……。言われてみればたしかに」

またしても道長が吹き出した。

「ぶはは。ずいぶんな言われようですね。でも、私も公任どのの意見に賛成です。誰かの受け売りなのではないでしょうか」

実資は腕を組んだ。

「受け売りだとしたら、一体誰があんな珍説を吹き込んだのやら」

「頭が悪いのですよ、顕光どのは」と道長が容赦なく言い切る。「頭が悪いから、誰も聞いたことがないような珍妙な説の真偽が判断できない。だいたい闇の支配者たちとかいう者たちがいたとして、現実に対面したら説得もできないだろうし、何もできないでしょう」

実資は晴明を顧みた。晴明は木陰の涼風のように微笑んでいる。

「まともな学問をやったことのない人間ほど、奇妙奇天烈《きてれつ》な説にのみ込まれやすいのはそのとおりだろうな。仏典なり漢籍なりをまっとうに勉強するのが苦手な人間ほど、誰も知らない大発見めいたものを見つけようとする。だが、それらは正統な学問や仏道修行などを修めたあとで初めて見つけられるものさ」

自分を飾るための学問——平たく言えば自分は頭がいいのだと見せつけたいための勉強——をした人間には決して見つけられないだろう。

「ほんとうは、顕光どのは大学寮で教えたり、公卿たちに有職故実《ゆうそくこじつ》を示したり、とにかくそういう頭のよいところを見せたいのかもしれないな」

大学寮はともかく、有職故実となれば、実資こそが当代の頂点に立っている。

「しかし、仏典にもさまざまな神々や魔との対話など、にわかには信じがたいところがあるのも事実。理解できないからと言ってぜんぶ間違いと言い切ってしまえば、場合によっては神仏の存在も否定してしまうだろう」

「では、顕光どのの話は正しいのか」と実資が驚く。

「そんなことはない。彼の話はほぼすべて間違いだろう」と晴明は認定した。「その陰謀なるものや闇の支配者たちなるものについては、わが陰陽道でもまったく触れられてはおらぬ」

「そうだろうな」と実資。

「だが、いくつか興味を引かれた点もある。たとえば、聖徳太子について。太子が稀代の悪人だったなどというのはまったくもって無知を通り越してひどい侮辱だと思うが、太子の存在をおもしろく思わなかった勢力によって子孫が皆殺しにされ、聖徳太子が書いた国史の類も灰燼《かいじん》に帰したのは間違いない。その意味では陰謀はあったと言えるだろう」

「なるほど。ただし、顕光どのの説とは陰謀の向きが逆だということだな？」

「陰陽師のなかには口伝で伝わっている秘史があってな。詳しくは語れないが、『古事記』『日本書紀』が書き記している歴史よりも遥かにこの国は古いといわれている。わが国の歴史の長さはざっと三万年である、と」

「は？」と道長が変な声を発した。「晴明どのまで陰謀がどうこうとおっしゃるのではないでしょうね」
「言わぬよ。むしろその手のものと混同されてはいけないから、われらの秘伝となってい
る。考えてもみよ。なぜ聖徳太子が堂々と大隋帝国に対して『日の昇る国』とわが国を誇
れたか。仏教伝来や憲法十七条、冠位十二階の制定など、あれほどの偉業を成し遂げた太
子が、政治の駆け引きやはったりだけでそのように言ったとは思えぬ」
「それを裏打ちするだけの背景を聖徳太子は知っていたということか」
「おそらくな。それを踏まえて国史を編纂し、三万年の歴史からのわが国の正統性を著さ
れていたはずなのだ」
「それのどこがどのように都合が悪くて、焼き捨てられるまでになったのだろうか」
「わからぬ」と晴明はあっさりと答えた。「ただ蘇我入鹿あたりが権力を握るには非常に
不都合だったのだろう。いずれにしても現世のことなどしょせんはひとときの夢なのに、
蘇我入鹿のご苦労なことよ」
「ひとときの夢……邯鄲の夢か」
「ふむ？」
「いや、先日、四条第で円融院中宮さまと女王殿下との会話で、ちょうど邯鄲の夢の話に
なってな」
「ほうほう」

「それはさておき……。先ほどの聖徳太子の国史、なかなかに興味をそそる」と実資が話題を変えた。「祖父が昔、『われらの日記と律令といまある国史だけが歴史と思ってはならぬ。それ以前のところについては失われてしまっているのだからな』と言っていたのを思い出したよ」

「おぬしの祖父ということは、養父だった藤原実頼《さねより》どのだな」

「多才で趣味もよかったが、気難しいところもあって。積み上げてきた知識と教養と経験が、まるでそそり立つ巨人のようだったよ」

「たしかにそうでしたな」と公任も目を細めた。「いまのどこぞの貴族どもと比べても、好色なところもなく、真面目《まじめ》一筋で。そうかと思えば、塀に穴をあけて果物を置いて、そこに集まる人たちの雑談から民の暮らしぶりとその心を学んでおられましたな」

実資と公任が懐かしげな笑みを浮かべて頷き合った。実資が実頼の養子になったため、系図としては叔父甥《おい》の間柄だが、ふたりとも実頼の孫なのだ。

道長が小さく手をたたいた。

「となると、先ほどの顕光どのの件ですが、小野宮《おののみや》流を創始した実頼どのの孫ふたりに、自らの学識見識をひけらかそうとして失敗した、というのがほんとうのところなのではありませんか」

かなり雑なまとめ方だったが、道長の言いたいことはわかった。

「内裏で思うように権勢を振るえないけれども、自分の賢さは引けを取らないのだと言いたかったということか」と実資が言い換えてみせる。

「そのような賢い自分を使えぬ者たちこそが、愚かなのだと思っているのでしょうよ」

「なるほど。そういう心の働きもあるかもしれぬ」

だが、晴明は少し違ったことを言った。

「私には少し気になるところがある」

「ふむ？」

「顕光どのにそれほどの頭がなかったとしたら、誰がこの説を思いついたかだよ」

「それは……」

「実資。もしかしたらこの一件、意外に根が深いかもしれないぞ」

晴明は閉じたままの檜扇《ひおうぎ》を口元に当て、遠くの空を鋭く見つめている。


その日の夜のこと。

公任は晴明の邸を辞したあと、所用で他の貴族のところへ顔を出し、宴《うたげ》で軽く酒を飲んだ。雨のまるで降らない日々のなか、日没後の涼しげな空を眺めながら歌を詠み、酒を酌み交わしたのだった。

その帰り道に、事件は起こったのだ。

公任の牛車は雲ひとつない星空の下を進んでいた。

「このぶんだと、明日も晴れかな」

と公任が家人に気楽に話しかけている。

左様でございましょうな、と家人が答えた。

昼間、顕光の妙な話に付き合わされてげんなりしていたが、先ほどの宴でよい歌が詠めて多少なりとも心が晴れやかになっていたのである。

日中であれば邸の門が遠くに見えるほどの場所で、それは起こった。

「公任さま。うしろに何かいます」

という家人の声に、公任は奇異なものを感じた。

「何かいます、とな?」

人ならば「誰か」というべきだろう。「何か」となれば人ならざるものを指すはずだ。

野犬か何かだろうか。それにしては唸《うな》り声のようなものは何も聞こえなかったが。

「何だ、あれは」と別の家人の声がした。明らかに声に恐怖が混じっている。野犬くらいで怖がるような者たちではない。

「逃げろ。公任さまを早く邸に!」

不意に牛車が激しく走り出した。公任はなかで倒れそうになる。

「何があったのだ」と公任が声を上げると、家人は「あやしのものが」とだけ答えた。

公任は膝立《ひざだ》ちになると、物見《ものみ》を開けて後方を覗《のぞ》いてみた。

「あなや」

そこには世にも恐ろしげなものがいた。

月と星によって見ると、家人ほどの背の高さの半裸の男に見えた。薄汚れた身体と顔。ちらりと見えた目は濁った黄色で、口からは鋭い牙《きば》が何本も見えている。さらに額には二本の太い角が生えている。

「鬼だ――」

鬼は何かを呟《つぶや》きながら、公任たちについてきていた。

南無御霊。南無御霊――。

鬼と公任の目が合う。相手はにやりと笑った。

「あなや――」

あの鬼の狙《ねら》いは自分だ。

牛車が激しく揺れている。

邸まではもうすぐだった。

鬼はつかず離れずの間を保っている。

その鬼の手に、黒い髪のようなものが握られていた。よく見ればそれには頭があり、顔がある。女の生首だった。


南無御霊。南無御霊――。


随行した家人たちも、恐慌寸前である。みな、あらん限りの力で膝を回していた。

「急げ。邸まではもうすぐぞ」

公任が叫んだのか、家人が叫んだのかもわからぬ。

そのときだった。

鬼が跳躍した。

巨大な蛙《かえる》のような姿勢で跳躍した鬼が、牛車に迫る。公任が慌てて物見から身を引くと、ついいままで公任がいた場所に鬼の黒い腕が突き出していた。

公任は、恐怖に叫んだ。

「鬼を振り落とせ！」

牛車がますます激しく揺れる。鬼は物見をむしり、袖《そで》を毀《こぼ》ち、牛車に入り込んでこようとしている。

再び鬼と目が合った。

「南無釈迦大如来。南無阿弥陀仏――」

公任は鬼から少しでも遠く離れて背を牛車に押しつけ、念仏を口にして耐えている。

「門を開けろ！」と家人の誰かが叫ぶ。

その瞬間、鬼の顔と腕が消えた。

「鬼が逃げていくぞ」という家人の声が聞こえた。

牛車が邸になだれ込む。

「早く！　鬼が来るまえに門を閉ざすのだ！」

全員が何とか邸に入ると、大急ぎで門を閉めた。全員の息が荒い。出迎えの者が不思議そうにしている。

鬼はもう追ってこなかった。

「あれは一体何だったのか」

夢ではないことはたしかだ、と公任は壊された牛車の物見を見ながら、まだ震えていた。

公任が、女の生首を持った鬼に襲われていた頃、公任と同じように他の邸の宴に出てから帰路についた道長も、女の生首を持った鬼に追いかけられる事件が起きていた。道長を追いかけていた鬼も「南無御霊、南無御霊」と繰り返していたという。

清涼殿の空いている間で、実資と晴明が落ち合っていた。すでに今日の勤めは終わっている。今日は晴明の邸の方角が、実資にはよろしくないからだった。

「一昨日《おととい》の夜なのだが、公任どのと道長どのが鬼に追われたとか……」

と実資が晴明に話すと、晴明はどこか遠くを見るような澄んだ瞳で頷いた。

「聞いている。災難だったな」

「やはりほんものの鬼だったのだろうか」

「悪鬼の類だろうが、たぶん術者がいる」

「何と」

「その悪鬼、『南無御霊』と繰り返していたのだろ？　そもそも『南無』とは南無阿弥陀仏などで使われるように『帰依する』、つまり身も心も投げ出して信奉するという仏教の言葉。かたや、『御霊』は怨霊たちを社殿に祀《まつ》って祟《たた》りを逃れようとする考え。正統な陰陽師の呪《しゅ》にはないし、普通は思いつかない組み合わせよ」

「なるほど。何となくそれらしく聞こえるが、関係のないものがいびつにつなげられているわけだな」

「あるいは無理やり、な」

そんな話をしていると、にわかに簀子から人の気配がした。礼法にかなった足運びだが、どこかもったいぶっている。その雰囲気で、顕光だと実資にはわかった。

顕光が簀子を渡るくらいなら別にいいだろうと、晴明と話を続けていると顕光の足音が止まった。

「そこにいるのは、左近衛中将実資どのと陰陽師の晴明どのか」

間違ってはいないが少し肩肘《かたひじ》を張ったような問いかけ方である。

無視をするわけにもいかず、「左様にございます」と実資が答えると、外から覗かれないように下げてあった御簾を持ち上げて、顕光が入ってきた。

「ちょうどよかった。いま、よいか」

「私のほうは。ところで、今日の公卿会議は……？」

「流会だ」

「左様でございましたか」今日も顕光が持ち回りの当番だったのだろうか。

顕光はそんなことはまるで関係ないという面持ちで、実資と晴明に迫った。

その表情が、会議の間でひとり座っていたときのものに似ている。実資はイヤな予感がした。

顕光は突如両目からはらはらと涙を落としはじめる。

実資と晴明が驚いていると、顕光がすがるように言った。

「実資どの、晴明どの。お助けくだされ」

「な、何があったのですか」

と実資が尋ねると、顕光は真っ青な顔になり、瘧《おこり》のように震えはじめる。

「奴《やつ》らだ。闇の支配者たちがとうとう私に目をつけたのだ」

「どういう意味ですか」

顕光が実資に取りすがった。

「夕べのことだ。少納言《しょうなごん》のところで物語りなどして、夜、邸に戻ろうとしたときに出たのだ——鬼が」

今度こそ実資と晴明が驚く番だった。

「鬼ですと?」と実資が聞き返すと、顕光が取り乱したまま何度も頷く。

「そうだ。そうなのだ。黒い鬼で、女の生首を持っていて」

「——女の生首を持っていた?」

「怨霊への帰依を口にしながら牛車に飛びついてきて、あやうく捕まりそうになったが、邸に逃げ込めて九死に一生を得たのだ」

「まことですか」

と実資が言うと、涙を流していた顕光がきつく睨《にら》んだ。

「痴《し》れ者! このようなことが嘘偽りで申せるものか!」

「申し訳ございません。実は、一昨日の夜、同じような鬼に公任どのと道長どのが追いかけられたようで……」

「あなや」と顕光が天を仰いだ。「公任どのと言えば、先日、この清涼殿にて実資どのと共に私から血塗られた陰謀の歴史を語って聞かせたばかりではないか」

「まあ……」

「しかし、道長どの……。まさかとは思うが、実資どの、私から聞いた話を道長どのに漏らしたりはしていないだろうな」

「あー……道長に話しましたが」

ごまかすのもおかしいので、正直に答えると、顕光が頭を抱えた。

「それでであろう。ああ、何と言うことだ。奴らは私だけではなく、公任どのや道長どのも狙うのか。実資どのはどうなのか」

「いまのところ大丈夫ですが……」

「それはよかった」と顕光がややほっとしたが、実資を叱《しか》るのも忘れなかった。「これでわかったであろう。あの話は非常に危険なのだ」

「申し訳ございませんでした」

実資が謝ると、再び顕光がしおれる。

「助けてくれ。私はどうしたらいい。私が死んだら真実は闇に葬られてしまうのだ」

実資が処置に困って晴明を見た。晴明が小さく頷く。

「顕光どの。鬼の件、私も聞きましたが、これは誰かが操っているものと思われます」

「だから、陰謀の者たちが……」

「陰謀は陰謀。鬼は鬼。少し分けて考えてみませんか」

晴明はごく穏やかに呼びかけるようにしたが、急に顕光の表情が穏やかになった。

「そ、そうだな」

どうやら晴明は、言葉に呪を乗せて顕光を落ち着かせたようだ。

「襲ってきた鬼ですが、先ほども話しましたように術者がいるはずです」

「それが敵なのだろう？」

相変わらずかみ合ってはいないが。

「そうとも言えますが、牛車に取りつき、破壊する真似《まね》をしていながら、危害は加えていません。警告だと思います」

「だから奴らの警告なのではないか」

「鬼そのものにもやや気になる点があります。怨霊への帰依を口にしていたとおっしゃっていましたが、道長どのたちの遭遇した鬼は『南無御霊』と言っていたそうです」

「そう。それだ」

「しかし、この言葉、ひどいものです」

「……ほう？」顕光が目つきを厳しくした。「何故に？」

晴明が先ほどと同じ説明をすると、顕光から質問してきた。

「となると、その術者はあまり頭のよくない男になるかな」

「まあ、御仏の教えや、まっとうな御霊会《ごりょうえ》の知識も持っていないのかもしれません」

「それはどうだろう。おぬしとて古今東西のすべての呪に精通しているわけでもあるまい」

おや、と実資は思った。顕光、妙に嚙《か》みついてくるではないか。

「もちろん、私が知っているのは呪の世界のごく一部です。しかし、そもそも怨霊は帰依する対象ではありませんから」

「……ふむ。なるほど？」と晴明をじろりと見返した顕光が、突然笑った。「はっはっは。さすが晴明どの。そこまで見切っているなら、すでに術者なるものに目星がついているのではないかな？」

それはまだ、と首を振った晴明が、目を細めて実資を横目で見る。

「近々、実資が狙われるでしょうな」

「次に狙われるとわかって日々を過ごすというのは、なかなか落ち着かないものだな」

と実資は自分の邸にもかかわらず、嘆いた。

「やむを得まい。あの流れで行けば、次に実資が鬼に狙われるのは必定。そのうえ、いままでは牛車を壊すだけだったが、次はどうなるかわからないのだから」

かすかに笑いながらそう言っているのは、安倍晴明。いま、晴明は実資の母屋の柱に寄りかかっている。ちょうど今日の実資にとって晴明の邸の方角が凶なので、晴明のほうがついてきたのだった。

「晴明が来るのは、まあ、わからんでもないし、心強くもあるが」と言って、簀子に座って庭に向かって瞑目《めいもく》している源《みなもとの》頼光《らいこう》を見た。「頼光どのにまで来てもらってよかったのだろうか」

「まあ、大内裏の外でのことであるし、相手は鬼だしな」と晴明が言う。

頼光は目を開いて実資のほうに振り向くと、精悍《せいかん》な顔に澄んだ笑みを浮かべた。

「お邪魔でなければ、よろしくお願いします。他ならぬ晴明どのからのお願いでしたし、事情を話したところ道長どのも必ず実資どのをお守りするようにとのことでしたので」

「道長どのがか」と実資は苦笑する。

「私としても、この機会に晴明どのから目に見えぬ心の力について指導いただけて、たいへん有り難いことです」

「私が教えることなどほとんどありませんよ」

しかし、頼光は生真面目に首を横に振った。

「とんでもないことです。まず、隠行《おんぎょう》だけでもなかなかできるものではありません」

「無念無想というのは修行の入り口ですが、案外むずかしいものです」

隠行とは、以前、実資が晴明の邸で遭遇した術である。晴明が心を完全な無念無想の境地に置いた結果、実資の目の前にいるのにまったく気づかなかった。

当然、あやかしどもへの目くらましになる。

邸ではともかく、これからしばらくは実資の移動には、牛車のなかに晴明と頼光が同乗するのだそうだ。だがそのときに、ふたりが同行していると気づかれれば、鬼のほうで現れないかもしれない。そのため、隠行で姿をくらまそうとなり、頼光もその手ほどきを受けているのだった。

「思うまいと思っても、それが気になってしまう……」

「いや、さすが頼光どの。境地の進展が早い。もう隠行の手前まで来ています」

「畏れ入ります」

「剣術を磨くにあたっても、単なる強さだけではなく、心を磨いてこられたのでしょう」

「それはいつも心がけています」と頼光が小さくはにかんだ。「この源頼光、臣籍とはいえもったいなくも帝の血筋を引いている者として、自らの太刀は常に天下万民のため、神仏の義のために振るわねばならないと自戒し、常々自省しています」

「なかなかできることではないと思います」と実資。いかなる立場であれ、自らの心を戒めて磨いている人物は好ましい。

畏れ入ります、と頼光が頭を下げる。

「おそらく、頼光どのはその名のとおり〝雷光〟を太刀に乗せて使えるようになるでしょう」

「それは神剣ですね」と頼光が凄みのある笑みを浮かべた。「自らの力ではなく、神仏と一体になったときに現れる秘儀でしょう」

「無念無想の先には自らの心を解き放って神仏の心へ運ぶものがあります。無我で無私な透明な心は、天にある心清き神仏の加護をいただくための最低条件ですから」

「心して、精進いたします」

相変わらずの好天で、庭は乾ききっていた。弱い草はしなびている。

頼光が小さくため息を漏らした。

「なかなか雨になりませんな」

「いまは苦しくとも、最後にはきちんと辻褄《つじつま》が合う。天の計らいですよ」

頼光は雲のない空を見上げ、その気を吸うように深呼吸を繰り返した。

「そういえば晴明どの。お聞きしたいのですが、心を透明にして隠行したり、神仏の加護を得て神仏の代理として神剣を駆使したりするのが可能なら、あえて心に鬼気をまとうことで、鬼どもにわが身を鬼と誤解させることも……？」

「できなくはないでしょう」

「ご教示、感謝申し上げます」

そう言って再び頼光は庭に向き直り、目を閉じた。

「実資。よく見ておけ」と晴明が声を潜める。

「何をだ」

「頼光どのの精進の姿だ。私たちは、鬼をも一刀両断にする神剣の境地にたどり着く人物の誕生に立ち会っているのだからな」

「それほどのものなのか……」

「常人なら一日二日の修行でそのようなことはできぬ。しかし、頼光どのにはこれまでの精進がある。まるでいっぱいになって、あとひとしずくで水があふれそうな器だ」

「晴明の指導が最後のひとしずくになってあふれ出す、と？」

「私の指導はきっかけに過ぎないがな」


翌日、いつものように実資は出仕し、左中将として職掌をはたして晴明の邸に立ち寄った。六合と天后の管弦を聞きながら物語りなどをし、夜になってから邸を出た。

晴明の邸から実資の小野宮は近いのだが、方違えがあって遠回りして帰る。

小野宮の門が見えてきたときだった。

「実資さま。鬼です。後ろからついてきます」と牛車の横についていた家人が声をかけてきた。事前に、鬼が追ってくるかもしれないと話してはあったが、さすがに声が震えている。

実資は頷いた。「よし。では次の角を曲がったら、おぬしたちは全員、この牛車をおいて逃げよ。静かにな」

物見から実資も後方を確認した。公任たちの話にあった鬼がついてきている。

牛車が角を曲がった。失礼します、とひとりの家人が小さくささやいて走り出す。随伴していた家人たち全員が続いた。

牛車が止まる。

実資は牛車のなかにいる同乗者ふたりに声をかけた。

「晴明、頼む。頼光どのも」

晴明と頼光が小さく頷く。晴明の邸で物語りをしておきながら、あえて晴明はそのまま牛車に同乗してきていた。頼光も行き帰りの牛車にずっと乗っている。ふたりともあやしのものどもの目をくらませるために隠行をしていたが、生きている人間には見える程度で抑えてあった。

実資が牛車のなかで晴明に背を向けると、晴明は背後から実資を抱きかかえるようする。

「南無陰陽本師・龍樹菩薩《りゆうじゆぼさつ》・提婆菩薩《だいば》・馬鳴菩薩《めみよう》・伏儀《ふくぎ》・神農《しんのう》・黄帝《こうてい》・玄女《げんによ》・玉女《ぎよくじよ》・師《し》曠《こう》・天老《てんろう》。所伝のこの法、益を蒙《こうむ》ることを乞うなり――」

実資には隠行が扱えない。そのため、代わりに晴明が実資を抱きかかえて身固めを行う。いつぞやの蔵人少将《くろうどのしようしよう》を救ったときと同じだった。身固めは反閇《へんばい》の略法でもあった。

頼光は後簾《うしろすだれ》を静かに上げると、自らは隠行を続けている。

家人たちは遠くへ行った。もう小野宮に入っている者もいるだろう。

鬼が角を曲がってきた。

晴明の呪が実資の耳元で静かに続き、頼光は隠行している。

鬼の動きが止まった。

かの鬼の目には、誰もいない牛車だけが放置されているように見えているはずだ。

鬼は首を傾げて辺りを見回すと踵《きびす》を返して戻りはじめた。

鬼が角を曲がっていく。

騰蛇《とうだ》、と晴明が小さく言うと、「承知。あとを追います」という騰蛇の声だけが聞こえた。

さほどの時を待たず、騰蛇が戻ってきた。今度は姿が見える。

「さっきのあやしのもの、中納言顕光の邸の屋根に消えました」

「あなや」と実資が驚愕《きようがく》した。「それでは顕光どのが再び狙われているのではないか」

顕光どのの邸へ向かおう、と急かす実資に、晴明が苦笑する。

「安心しろ、実資。騰蛇は優秀だ。もし顕光どのに危害が及びそうな気配があれば、のんびりと報告に戻っては来ないさ」

「はは。左様にございます」優秀と言われた騰蛇が白い歯を見せ《せ》た。「ただ、気になることがひとつ」

「ほう?」

「そのあやしのもの、屋根裏から顕光とやらに語り続けています。聖徳太子は悪人だとか、怨霊こそがこの国の真の帝だとか」

実資と頼光が厳しい表情で目配せした。

「晴明。それはもしかして」

「ふむ。顕光どのの奇怪な説の〝教え主〟が見つかったようだな」

「急ごう、晴明」と実資が顔色を変えた。「顕光どのを助けに行かねば」

「助けに行く必要があるか?」と言い出したのは騰蛇だった。

「ひどいことを言う」

「顕光とやら、ずいぶん恍惚《こうこつ》とあやしのものの弁舌に聞き入っていたぜ? まさに、わが意を得たりという顔つきだった」

実資が抗議する。

「そうかもしれんが、ちょっとかわいそうすぎるだろう」

「かわいそうとは？」と晴明。

「何と言うか、中納言に足りぬ人物と侮られ、会議をしても流会で……いや、たしかに問題がある人物だし、顕光どのの無能さを日記にしたためていけば、筆はすり切れるほどだ。だからといって、鬼の作り話にそそのかされ続けるのはちょっとかわいそうではないか」

晴明が小さく笑った。

「ふふ。どうです？　頼光どの」と小声で言う。

「なるほど。藤原実資という方は、このような人物でしたか」

「呪だ何だと言ってばかりいては忘れてしまいそうになることを、この男は思い出させてくれる」

「何を話しているのだ、晴明」と実資が頬を膨らませた。

「新邸を引っ越した日に焼かれても『天がくれた火だから』と悠然としていられる人物は器が違うと話していたのだよ」

「いや、そう教えてくれたのはおぬしだろう」

「ふふ。歴史のなかではおぬしの言葉としてのみ残るさ」

「俺にはよくわからぬが……顕光どののこと、頼むよ」

「ふふ。よかろう。頼まれた」

遠くで野犬が鳴いている。

顕光の邸は、外から見る限り静かだった。

騰蛇が牛車を操ってやってきたのだが、その静けさに実資が首をひねる。

「もうみな寝てしまっているのかな」

「そんなことはあるまい。灯《あか》りが感じられる」

晴明が前簾《まえすだれ》を開けて、さっそく降りる準備をしていた。

「それにしても静かだな」

「歓迎されてないのさ」

「誰に」

「あの、鬼のような化け物にだろうな」

門をたたくとすぐに家人が出てきた。それこそあやしのものでも出てきたらどうしようかと実資は内心で恐れていたが、普通の家人だ。言動も対応も、おかしなところはない。

むしろ、驚きと喜びの入り混じった表情で、実に丁寧に出迎えられた。

「ああ、ああ。左近衛中将さまに安倍晴明さま。それに春宮権大進《とうぐうのごんのたいじょう》の源頼光さままで。いますぐお取り次ぎいたします」

見てて哀《あわ》れになるようなはしゃぎようだ。誰も遊びに来ないのだろうか、と頼光が独り言のように呟いている。

母屋に通された。

顕光がくつろいだ格好で『万葉集』を読んでいる。

「ああ。左近衛中将どの。晴明どのに頼光どのまで。夜分にこんなむさ苦しいところへ、ようこそ」

目をらんらんとさせながら鬼の話なるものに聞き入っている姿を想像していた実資は、ちょっと拍子抜けした。どう話したものかと実資は悩んでしまったが、晴明が挨拶もそこそこに切り出す。

「先ほど、実資も件《くだん》の鬼と遭遇しました」

「あなや」顕光が『万葉集』を取り落とした。

「ですが、幸い鬼のほうが実資を見失ったようで、怪我《けが》どころか牛車も壊されていません」

「おお。それはよかった。しかし、見失った、とは……？」

「私、安倍晴明が身固めをして護《まも》りました」

「…………」

顕光の目が変に据わったように見えたのは気のせいだろうか。

「そのあと、鬼は来た道を戻っていったようなのですが、私の式にあとを追わせたところ、この邸の屋根裏に逃げ込んだようで」

顕光は言葉を失っていた。「……まさか、この邸の」

「式が言うには、屋根裏から顕光どのに語りかけ続けている、と。この国は怨霊こそが真の帝なのだ、などと」

「………っ」

晴明は衣裳の袖を合わせ両手を隠した姿勢で、顕光に迫った。

「顕光どのの語る闇の支配者とか真実の歴史とか称するもの、この母屋で鬼から聞いたものではありませんか」

「違う」と顕光が真っ赤になった。「私が調べ上げた歴史だ。私が長年、研鑽《けんさん》してたどり着いた現世の真相なのだ」

「さあ、どうでしょう。いまこうしているときにも私には鬼の声が聞こえますが」

「何？」

急急如律令、と晴明が言い放った瞬間だった。

突如として母屋の空気が重くなる。どこからともなく甘臭いような腐敗臭がした。

南無怨霊。帝はすでに失われた。南無怨霊。この国は怨霊こそが真の帝――。

「晴明。俺にも聞こえるぞ」

実資だけではない。頼光にも聞こえたようで、太刀の柄《つか》に手をやり、腰を浮かせている。

「ああ。ごまかそうとしていたようだが、私から隠れられるものではない」

顕光が震えはじめた。

「何だ、この声は。こんな声に私は操られていたというのか」

晴明は袖を離した。すでに右手には呪符があり、左手は刀印に結ばれている。

「心はひとつの調べを出します。やさしい調べ、冷たい調べ、残忍な調べ、素朴な調べ。その調べが似通ったものが、同通し、近寄ってくる。すなわち、鬼が来るならば、顕光どのの心のなかに鬼を引き寄せる闇の部分があったということ」

屋根裏からの声は徐々に大きくなっていく。

「鬼を引き寄せる闇……」顕光は震えながらも天井を睨んだ。「こ、これでも私は藤原家の端《さき》くれ。前の摂政の長子なれば、かかる悪鬼に屈するものか」

顕光が声を張り上げた。恐怖が先に立っているのか、妙にきんきんと甲高い声だったのが興ざめだが、その意気は見上げたものである。

そのときだった。

ばりばりという音がして天井を破り、女の生首を抱えた鬼が母屋に降りてきたのである。

「あなやっ」顕光が叫ぶが早いか、鬼はすぐさま彼の胸に腕を突っ込んだ。

「晴明」と実資が言う間に、鬼の身体が顕光の胸のなかへ吸い込まれていく。

「これはどういうことか」

と頼光も太刀を抜く機を逸してしまっていた。

鬼の身体がすべて顕光の身体に飲み込まれる。鬼が持っていた女の生首が音を立てて転がる。これは顕光のなかに入らなかったようだ。

顕光は真っ青な顔で立ち尽くしている。目は白目になり、額から二本の角が生えていた。

晴明は冷静に呪符と印を構えている。

「晴明。顕光どのは——⁉」

「あの鬼の化け物は顕光どのの身体に入り込み、その心を奪おうとしているのだ」

「何だって？ そんなことができるのか」

「人の心を自らの思いどおりにするのは極めて難しい。そんなことができれば恋から政まで簡単だからな。だが、これは——」

鬼が入り込んだ顕光は、口から唸り声を発しはじめた。

「これ、どうしたらいいのだ」と実資が呟き、現し身の姿を取った騰蛇が自分の背後にかくまった。

「動けないところを見ると、まだ完全に心が鬼になってはいないようだ」

「む、む、む」

「繰り返すが、なぜ鬼の化け物に乗っ取られようとしているかと言えば、顕光どのの心に同じものがあるからだ。一見穏やかそうで、文才はそこそこあろうとも、どこかに鬼の心がある。ほんとうなら、顕光どのに語りかけてその心を打破せねばならないが……」

鬼をその身に受け、意識を失っていてはそれもままならない。

「どうすればいいのだ」と実資が脂汗をにじませている。

「それはおぬしがすでに口にしていたではないか」

「え？」

「正確には円融院中宮さまと女王殿下かもしれぬが。ふふ。おぬし、存外、陰陽師としても大成するかもしれぬぞ」

晴明は依然として夜空のように冷たく美しい目つきのまま、「六合。香炉に乳香をくべて持ってこい」と呼びかけた。騰蛇はここで実資を護っているからだった。

ほどなくして母屋の悪臭を切り裂くように、平城の頃の華やかな衣裳で六合が出現した。領巾《ひれ》を纏《まと》った姿はまさに天女に見える。手には乳香の香り立つ香炉を捧《ささ》げ持っていた。

「主《あるじ》。お持ちしました」

「ご苦労」

香炉が顕光の近くに置かれる。六合が下がると晴明は構えていた呪符をしまって別の呪符を香炉に張ると、歌を誦《ず》した。

あらちをの　かるやのさきに　たつ鹿も
　ちがへをすれば　ちがふとぞきく

香の煙が、網のように顕光の身体を捕らえる。

不意に顕光が倒れた。呻《うめ》き声はもう聞こえない。

「晴明。大丈夫なのか」

「いまのは吉備真備《きびのまきび》の夢違誦文歌《ゆめちがえじゅもんか》。吉備真備は本朝における陰陽道の祖とも呼ばれている方。その方の力を借り、いま顕光どのの心に、ある夢を差し込んだのよ」

「ある夢……？」

晴明が油断なく印を構え続けている。

「すべてのあやしのものどもは現世に未練がある。逆にいえば現世に未練がない者でなければ極楽へは行けぬのだが、ともかくも、生きている人間の持つ現世への未練や執着にあやしのものどもは引き寄せられてくる。あの鬼の化け物でも例外ではないということ。ならば、顕光どのの心から一時なりとも現世への未練を払拭できれば鬼は祓《はら》える」

「なるほど。話としてはわかったが、どのような夢を――」と言いかけた実資が急に雷に打たれたような顔になった。「そうか。邯鄲の夢だな」

先日、円融院中宮と婉子が話していた邯鄲の夢――この世のあらゆる浮沈変転も、結局は粥が煮えるほどの間の夢に過ぎなかった――の話にならい、顕光に一生のあらゆる悲喜劇を夢で体験してもらい、世の無常を感じ取ってもらおうというのだった。

「しかし、晴明、それは物語の話ではなかったのか」

「ふふ。物語だから真理が含まれていないと、誰が決めた？」

「……たしかに」

「むしろ、物語の形でしか語れぬ真理もあるかもしれぬぞ」

晴明だけではなく、六合も印を結んでいた。彼女の可憐な唇が小さく動いている。六合は夢違誦文歌を繰り返し唱えているのだった。

粥が煮えるほどの時間とするなら、二刻（一時間）もかかるまい。

もし家人が様子を見に来たらどう説明しようかと実資は心配していたが、なぜか家人はひとりも来なかった。

二刻にまだ満たぬほど経ったときだった。

鬼の角を生やしたままの顕光が、目を開いた。

先ほどのような白目ではない。

その目尻から涙が流れた。

天井を見つめたまま、呆然と呟く。

「私は何をしていたのだ？」

「ちょっと夢を見ていたのですよ。二刻も経っていません」

と晴明が答えた。

顕光は目を閉じて言う。

「現世とは、かくもはかないものか」

その瞬間だった。

生木を裂くようなひどい音がした。

悲鳴を上げながら先ほどの鬼が顕光の身体から抜け出していく。晴明の目論見《もくろみ》通り、世の無常を味わったことで鬼と心が重ならなくなったのだろう。

鬼が抜けていくにつれて顕光の額の角が引っ込んでいった。

南無怨霊、南無怨霊、と繰り返しながら、鬼が逃げようとする。

それを待ち構えていた者がいた。

太刀を振りかぶった頼光である。

晴明が顕光の身体から鬼を追い出すことに専念している間、頼光はただ静かに心を神仏に向け、その時を待っていたのだった。

神威を放つような容貌《ようぼう》となった頼光が、祈る。

「南無釈迦大如来。南無八幡《はちまん》大菩薩。悪鬼退散、怨敵調伏。電撃一閃《いっせん》ッ」

太刀が振り下ろされた。

間近で雷が落ちたような轟音《ごうおん》。音だけではない。視界も真っ白に焼けていた。

一瞬の出来事だったはずだが、二刻にも三刻にも実資には感じられる。

視力が戻ると、頼光の太刀に両断された鬼が消えていく瞬間だった。

「やったのか。やったのだな」

残心のあと、頼光が太刀を鞘《さや》に戻す。「すべては御仏の加護です」

ものの腐った臭いももはやしない。

「お見事」と晴明が笑顔になった。「源頼光どのの神剣、この目でたしかに見せてもらいました」

「いえ。晴明どののおかげで心を研ぎ澄ませることができたからです」

顕光が身体を起こした。「いったい、何があったのだ」

実資がその上体を支えてやる。

「夢を見ていたのですよ」

すると、庭のほうから久しく嗅《か》いだことのない匂いがした。

雨の匂いだ。

主、と六合が晴明を促すと、夜闇でもそれとわかるほど大粒の雨が庭を濡《ぬ》らしはじめていた。

「雨だ。天の恵みだ……」実資が呆然と呟く。「これで、民が喜ぶ」

激しい雷鳴が轟《とどろ》き、雨粒はすぐさま激しい雨に変わった。

「頼光どのの神剣が、雨に蓋《ふた》をしていたものをも斬り捨ててくれたのだよ」

晴明が雷雨に目を細めている。

実資は簀子に出ると、降りしきる雨をその顔と言わず身体と言わず、全身で受けると、
母屋に戻って頼光の肩を抱いた。

「ありがとう、頼光どの。おぬしの神剣で民は救われた」

頼光は凜々《りり》しい顔を気恥ずかしげに、小さくはにかむばかりだった。

顕光の家人たちが久々の雨に歓喜の声を上げている。

……都中の老若男女が貴賤《きせん》を問わず、久方ぶりの雨に喜んでいた裏で、清涼殿に奇妙な
木簡が置かれていた。

《私は帰ってくる》

裏には「八所御霊」とあった。

第四章　清涼殿の死闘

一晩続いた雷雨で大地はよみがえった。

緑はしゃっきりと伸び、稲は再び青々と風に揺れるようになった。

それでいながら鴨川《かもがわ》が氾濫《はんらん》するようなことはなく、ただただ生きとし生けるものに命の水を恵んでくれている。

あれだけの雷があったのに、落雷による被害はまるでないのも、人びとをして「天の慈悲だ」と噂《うわさ》させている原因だった。

その雷雨の夜以降、内裏《だいり》にある変化――見方によってはとてつもない大変化――があったのである。

中納言藤原顕光《ちゅうなごんふじわらのあきみつ》が熱心に勤めを果たしだしたのである。

もともと勤めに対して真面目《まじめ》でなかったわけではないのだが、やることなすことことごとく裏目に出て、顕光が関与すると必ず大小の失敗が噴出していた。そのため、顕光が持ち回りの議長役になる公卿《くぎょう》会議は誰も出席せず流会になるのがほとんどだったし、日記之《にっきの》家《いえ》の当主である藤原実資《さねすけ》であっても「顕光どのの無能を日記にしたためていけば、筆がすり切れる」と匙《さじ》を投げていたのだ。

それが、失敗をしなくなったのである。

「おい。中納言さま、人が変わったと思わないか」

「ああ。まともに中納言として勤めがこなせている」

「困ったな。いままではあの人に仕事の相談事を投げておけば二日は休めたのに」

「たしかに。打つ手打つ手がすべてはまる左近衛《さこんえの》中将《ちゅうじょう》さまほどではないが、しゃんとしている」

「先日の雷に打たれでもしたのだろうか」

「いやいや、中納言さまがまともになったので、雷雨になったのではないか」

貴族や役人たちの多くが好き勝手に評論するのを気にとめるふうもなく、中納言顕光は務めを果たしていた。

その働きぶりは実資の目と耳にも、もちろん入る。

雷雨の日から半月ほど経《た》った頃、実資がいつものように陰陽師《おんみょうじ》・安倍晴明《あべのせいめい》の邸《やしき》で書を読んだりくつろいだりしているときも、ふとすると話題は顕光のことになっていた。

「顕光どののいままでのあれは、ぜんぶ憑《つ》きものだったのだろうか」

「ふむ？」と晴明がいつものように柱にもたれた姿勢で首を傾《かし》げる。

「あの雷雨の夜に、源頼光《みなもとのらいこう》どのの手によって鬼が討たれた。それ以降、顕光どのがまともになった。ということはいままでずっと顕光どのは鬼に憑かれていたからああだったのではないかと思ってな」

「ははは。中納言の位にある人物をつかまえて『まともになった』とは、実資も言うなぁ」

「あ、いや……」

水と椿餅《つばいもちい》を持ってきてくれた六合《りくごう》が、小さく微笑《ほほえ》んでいた。ますます頬《ほお》が熱くなる。

庭の緑は先日の雷雨で生気を取り戻し、まぶしいほどだった。

「冗談だよ。それほどに中納言どのは変わったか」

「変わった。驚くべきほどに変わった。驚きのあまり道長《みちなが》が俺にわざわざ何があったのかを聞きに来たくらいだ」

「ふふふ。驚いておぬしのところへ聞きに行くとは、道長どのはやはり勘が鋭いな」

「頼光どのから話は聞いているだろうに。欲張りな男さ」

「何人かの話を聞いて把握したいのだろう。なかなか慎重になってきたではないか」

実資は椿餅をひとつ手にした。椿の葉で挟んだ甘みのある餅である。甘みは甘葛《あまずら》でつけていた。餅そのものの甘みと相まって、疲れが癒やされるようだった。

「ああ。この椿餅はうまいな。──日記之家の当主として、官職以上に内裏の動きを把握しているところはあるからな。それに俺はおぬしと仲がよい。俺を伝手《つて》として当代随一の陰陽師の見解が聞けるとでも思ったのではないか」

「なるほど。たしかにおぬしと私は仲がよい。私としては肝胆相照らす仲だと思っているくらいだ」

「晴明……」実資は少し感動した。思わず目頭が熱くなった。

「私の意見をおぬしから聞き出そうというのなら、やはり道長どのは抜け目がないな」

「俺もそう思う」

「中納言どのの変心ぶりについては、婉子女王殿下《えんしじょおうでんか》も驚かれた様子でな」

突然出てきた婉子の名に、実資が緊張する。

「……ほう」

「典侍《ないしのすけ》を使いで私のところに寄越《よこ》すと、中納言に何があったのかを質問されたよ」

「なるほど。それはそれは」

典侍は、実資や晴明とも面識がある。何しろふたりに呪《しゅ》から救ってもらったことがあるのだ。もともと貴族の家の娘だったが、父が亡くなり、いくつかの出来事を経て昔から知っていた婉子に仕えることになったのだった。

「いずれにしても、勤めがまともにこなせるようになったのはよいことだな」

「俺もそう思う。だが、何か薄気味悪い心持ちもする」

「なぜだね」

実資は食べかけの椿餅の最後のひと口を食べ、飲み込む。

「あまりにも急激に変わりすぎたからさ」

「ふむ……」

「これはただの杞憂《きゆう》だろうか」

「よく言われることでは、道を求めて山で修行して戻ってきた修行者が、鬼面人を驚かすような人物になっていたらその修行は偽物で、山に入るまえと変わらぬ様相であれば修行の態度は正しかったとされているがな」

「俺が言いたかったのもそれよ。ある日忽然《こつぜん》と変わってしまうと、気味が悪い」

とはいえ、顕光がまっとうになってくれたのは内裏全体として見れば有り難いことには変わりなかったから、これ以上どうすることもできない。

これ以上どうすることもできないと言えば、あの雷雨の夜に清涼殿《せいりようでん》に置かれた木簡についても、いまのところ探索に行き詰まっていた。

「あの《私は帰ってくる》という木簡だが、誰《だれ》が清涼殿に置いたのか蔵人《くろうど》や舎人《とねり》どもが調べているが、はかばかしい成果は出ていない」

すると、晴明がやや人の悪い笑みを浮かべる。

「いっそのこと、顕光どのに調べさせてみたらどうだ。いま絶好調ではないか」

「いやいやいや。それに、裏には『八所御霊』とあったのだから、次に話が行くのは儀式全般を司《つかさど》る神祇《じんぎ》官《かん》か陰陽寮だろう」

「まあそうなるだろうな」と晴明が小さくあくびをした。

実資をからかっているのだろうとは思う。

「おいおい」

晴明は小さく笑って、自分でも椿餅を口にした。

「うまいな」と言うと、六合が微笑んで小さく頭を下げる。「八所御霊についてはどこまで知っている？」

「ざっとだが確認した。まず貞観《じょうがん》五年、神泉苑《しんせんえん》での御霊会《ごりょうえ》で祀《まつ》られた六御霊を六所御霊とも称するのだよな」

六御霊とは、文字どおり六柱の怨霊《おんりょう》である。

すなわち、藤原種継《たねつぐ》の暗殺に関与したとされて処罰されるも崇道《すどう》天皇と追諡《ついし》された早良《さわら》親王、平城帝への謀反を問われた伊予《いよ》親王、その母親で藤原夫人《ぶにん》こと藤原吉子《よしこ》、皇太子を東国へ移して謀反を目論んだとされた橘大夫《きつだいぶ》と称される橘逸勢《たちばなのはやなり》、新羅《しらぎ》人と結託して謀反を企《くわだ》てたという文《ぶん》大夫なる文室宮田麻呂《ふんやのみやたまろ》、最後が観察使で、薬子《くすこ》の乱で射殺された藤原仲《なか》成《なり》、または奈良の都の頃《ころ》に乱を起こした藤原広嗣《ひろつぐ》とされている。

「そうだ」

「その御霊会のあと、上御霊《かみごりょう》神社と下御霊神社が創建された。この二社で祀られているのが八所御霊。六所御霊に二柱の怨霊が追加されると共に、伊予親王と観察使が外されて、代わりに光仁《こうにん》帝を呪詛《じゅそ》したとされた井上《いのえ》大皇后と他戸《おさべ》親王が加わっている」

と、そこで実資は言葉を切って小さく首を傾《かし》げた。

「どうした？」

「八所御霊は六所御霊に二柱の怨霊を加えたものというが、若干解せぬところがあってな」

「ふむ。加えられた二柱が吉備《きび》聖霊、つまり吉備真備《まきび》であることと、火雷神という特定の人物ではないことが気になるのだな？」と晴明が指摘しながら、餅を食べている。

「ああ。火雷神のほうは、菅原道真《すがわらのみちざね》であるとする見方もあるからわからないでもないのだが、問題は吉備真備。先日、おぬしは吉備真備は本朝における陰陽道の祖と言ったではないか」

「言ったな」

「それなのに〝怨霊〟として祀られているとはどういうことなのだ」

晴明は口のなかの餅を飲み込んで、説明した。

「別説はある。吉備聖霊とは長屋《ながや》王の変で自死した吉備内親王を指すという話もある」

「なるほど。それなら怨霊になるかもしれぬ」

「それ以外にも説があってな。六所御霊に付け加えられた二柱は、特定の怨霊ではなく六所御霊の和魂《にぎみたま》と荒魂《あらみたま》だとする説もある」

「何？」

「和魂は神々の持つやさしく調和された魂の側面。荒魂は逆に神々の荒々しい側面を表すとされる。このふたつは同じ神であっても別の存在ではないかと思われるほどに相違していると言われ、ときとして別々の名が与えられたりもする」

神の和魂と荒魂に供物を捧《ささ》げ、儀式や祭りを行うのが、古来の神社のあり方だった。

「その、和魂がたまたま吉備聖霊と称され、荒魂が火雷神と称されているというわけか。そうするとたしかに理解できなくもない」

「何しろ目に見えぬ相手だからな。祀った神職が、神仏の光や現世にはないものどもを視《み》る見鬼の才をどれほど深く持っていたかによる」

ずいぶん難しい話になってきている。実資は頭のなかを整理するために水を啜《すす》った。

八月となって暦の上では秋も半ばである。夏の名残の暑さは安らぎ、風には秋の香りが強くなっている。

「八所御霊についてはだいたいわかったが、それがなぜ清涼殿の木簡に書かれていたのか、が問題なのだよな」

字義どおりに受け止めるなら、「八所御霊」が《私は帰ってくる》と宣言した木簡となる。

言うまでもないが、怨霊は現世の存在ではない。不遇のうちに死んだがゆえに怨霊となったのである。

そのため、調べにあたっている蔵人たちも、半信半疑とは言わないがどこをどう調べてよいかわからないのが本音だろう。

けれども、実資は知っている。怨霊は実在するし、機会があれば封ぜられているところから逃げ出して現世によみがえり、復讐《ふくしゅう》したいと思っているのだ。

現世に未練があり、かつ復讐心を捨てられないから怨霊なのである。

「なあ、晴明。木簡はあったが、怨霊がよみがえったという話はまだ聞かない。だから、これから帰ってくるにしても今回はこの木簡を置いた者がいるはずだよな」

と実資があらためて確かめると、晴明は水を飲んでこう言った。

「帰ってくるのは誰なのだろうな」

「それは八所御霊になるのではないか？」

「八柱がいきなりぜんぶよみがえるのか。菅原道真のように、これまで遭遇した怨霊の力を思い出してみよ。八所御霊が一斉に復活するようなことになったら、都は終わるぞ」

晴明がそら恐ろしいことをさらりと言った。

「む、む、む……」

「それに先ほど説明したとおり、うち二柱ははたして怨霊かどうかもわかりにくい」

実資が頬《ほお》を撫《な》でながらため息をついた。

「晴明。何かすでに思い当たっていることがあるなら、教えてくれないか」

すると晴明は小さく首を振りながら笑う。

「まだ私にもわかっていないところが多すぎるのだ。どうにもばらばらすぎる」

「ふむ……？」

「だがさしあたっては、中納言顕光どのの正気がいつまで続くかを気にしていようかな」

さすがにそれは言い過ぎだろうと実資はたしなめようとしたが、晴明が切れ長の目にや鋭い光を込めているのを見て、言葉をのみ込んでしまった。


それからしばらくして、実資は晴明の邸を辞することにした。

夜である。

鈴虫が静かに鳴いていた。

「ほんのひとときとは言え、夜道を戻るときに晴明がいてくれた心強さを知ってしまうと、ひとりの牛車《ぎっしゃ》というのは少々心許《こころもと》ないものだな」

と実資がわざとらしく情けない表情を作ってみせると、晴明も楽しげに笑う。

「ははは。では螣蛇《とうだ》でもつけようか」

俺ならいつでも構わないぞ、という騰蛇の姿なき声がして、六合が小さく舌打ちした。

「気持ちだけ受け取っておくよ。騰蛇はおぬしの式。ことあらば、都のために戦う大事な男だ」

その言葉に晴明がもう一度笑っていた。

実資の牛車が晴明の邸の門を出る。

真っ暗な牛車のなか、物見《ものみ》からかすかに入ってくる光を楽しみながら、実資は戻ってから日記にしたためるべき内容を考えはじめた。

そのときだ。

ちりーん、ちりーん、と仏事に用いる鈴《れい》のような澄んだ音がした。

牛車が止まる。

「どうした」

と実資が尋ねると、家人《けにん》が答えた。

「暗くてよくわからないのですが、どうもどこかの行者のようです。道の真ん中にいて」

「ふむ……」

前簾《まえすだれ》を通してみれば、家人の言葉どおり、牛車の真正面に、錫杖《しやくじよう》をついて笠《かさ》をかぶった行者のような男が立ち尽くしている。家人が行者に近づいて、牛車が通るので道を空けてくれないかと話しかけていた。

気がつけば鈴虫の音がしない。

奇妙な沈黙に、実資が生唾《なまつば》を飲み下していると、行者らしき男が歩き出した。道を空けるのではなく、まっすぐ牛車に歩いてきている。

「おい」と家人が声をかけるが行者は止まる気配がない。

行者は牛のまえからわずかに右に避《よ》け、なおも牛車に近づいた。

「止まれ。これなるは左近衛中将さまの牛車ぞ」

家人が厳しい声を発する。

行者が答えた。

「知っておる」

しわがれた、老人の声だった。声が嗄《か》れているのか、長年の苦労でそうなったのか。ふと「焼けている」という言葉が実資の胸中に浮かんで消えた。

行者はそれだけしか言っていないのに、なぜか家人たちはぴたりと動けなくなっている。

少しまえに、道長と公任《きんとう》の家人の井戸争いから起こった恨みと呪の連鎖をふと思い出した。あのとき、公任の家人は襤褸《ぼろ》を纏《まと》った乞食《こつじき》姿の行者から呪符をもらったと言っていたが……。

牛車の前簾に近づいた行者が再び口を開いた。

「左近衛中将。おぬしに話がある」

実資の背筋に怖気《おぞけ》が走る。どこかでこの感じを味わったことがあった。

まだ新しい記憶に、この感じがある。

その怖気は、しわがれた声の、老爺《ろうや》の姿を取った法師陰陽師の形になった。

まさか——。

公任の家人に呪符をもたらした人物も、あやつなら筋が通る。

なぜそのときにこの可能性を考えなかったのか……。

夜、このような奇怪な状況で、あの老陰陽師の名を口にする心持ちにはとてもなれぬ。

その代わり、実資は立ち上がって前簾をはねる。

「おぬし、何者だ」

前簾がなくなったことで、その行者の姿をはっきり見ることができた。

垢《あか》じみた襤褸を身につけた乞食姿の行者である。

笠をかぶっているから顔ははっきり見えない。しかし、こうして見てしまうと、背丈も歩き方も声の調子も雰囲気も、あの老陰陽師に瓜《うり》ふたつである。

だが、あの陰陽師は自刃し、さらに火に焼けて死んだはず——。

焼けて、という言葉が実資の胸を締め上げた。

火を吸って喉《のど》が焼けたとしたら、この行者のような声になるのではないか。

実資は行者の姿を見てしまったのを激しく後悔した。

そんな実資の気も知らずに、老行者は肩を揺すった。

「くっくっく。そんな顔をするなよ。まんざら知らぬ仲でもあるまいに」

「お、おぬしは、ほんとうに……」

蘆屋道満《あしやどうまん》なのか。

実資がそう問おうとしたとき、行者は錫杖を持っていないほうの手で実資を制した。

ちらりと見えたその手の皮膚は、ひどく焼けただれていたように思う。

「あー、ここでこんな無駄話をしている余裕はないんじゃったな」

人を喰《く》ったような語り口がますます道満に似ていた。

「いったいおぬしは何を——」

「だから黙れと言うに。おぬしの大切な婉子がどうなっても知らんぞ」

実資の頭に血が上る。

「女王殿下に何をしたのだ」

老行者は面倒くさそうに手をひらひらさせた。

「わしじゃない、わしじゃない。何しろわしはここにいるのじゃから、婉子に手の出しようがないじゃろう」

「真面目に話せッ」

実資は腰の太刀に手をかけた。

老行者はやや慌てたように、「待てと言うに。実資が無駄口をたたけばたたくほど手遅れになるかもしれんのじゃぞ」

「何だと⁉」

老行者はかたかたと笑った。

「くっくっく。さっき見たのじゃよ。鬼どもが為平《ためひら》親王の邸から、高貴な女性を抱えて走り去るのをよ」

「その鬼、おぬしが操っていたのではあるまいな⁉」

「くく。もしそうだったら、どうしてわざわざ教えてやるのじゃよ？」

実資は無理やりに大きく呼吸をして、気を静める。

「女王殿下はどこだ」

すると老行者は首を大きく傾げた。

「山かな？　谷かな？　それとも辻《つじ》のどこかか、六条《ろくじょう》の河原か——それらぜんぶになるかもしれないなぁ」

「はっきりと答えろッ」

実資が叫ぶと、行者の身体《からだ》がぐらりと揺れた。

「これこれ。夜中にそんな大声を出すな。迷惑じゃろう」

相変わらずのらりくらりとしていた老行者だが、突然、笠が落ちる。

「あなや」思わず実資は驚愕《きょうがく》した。

笠の下に現れたのは目だけを出した真っ黒い頭巾《ずきん》姿だったからだ。

「この身体、まだまだ馴染《なじ》まぬでな。そろそろわしは帰って寝るよ」

老行者は笠を拾ってかぶり直し、くるりと後ろを向いて歩き出した。

「待てッ」実資が牛車から飛び降りる。

しかし、そこまでだった。

「動かない……⁉」

目だけがかろうじて動く。左右を見れば、家人たちがやはり同じように目玉だけを動かして実資に何かを訴えかけている。

みな、あの老行者の術で動けなくなっていたのか。

見送りは無用ぞ、という言葉を残して、老行者は都の闇《やみ》に消えていく。

道満とおぼしき老行者の姿がすっかり消えてしまうと、耳に虫の音が戻ってきた。それが合図のように、実資と家人全員の縛《いまし》めが解ける。

「実資さま。いまの行者は」

実資の頭が熱い。いろいろな思考と感情が渦巻いていた。

だが、何よりも急ぐべきは婉子だ。

「あの者のこと、いまは捨て置け。牛車を晴明の邸に戻せッ」

実資は持っていた檜扇《ひおうぎ》に安否を気遣う歌をしたためると、随行している家人のなかでもっとも足の速い男に持たせて、為平親王の邸に走らせた。

あの檜扇が無駄になってくれればいい、と思っている。

それは婉子が無事に邸にいることを意味するからだ。

実資が晴明の邸に戻ると、六合も晴明もさすがに目を見開いたが、いま何があったのか、誰に会ったのかを話すと、一も二もなく邸に入れてもらえた。

晴明は呼びかけた。

「騰蛇。騰蛇。話は聞いていたか。疾《と》く為平親王邸へ赴き、女王殿下の安否を確かめろ」

御意、という姿なき声が聞こえる。強い風が吹き抜けた。

「実資さま。きっと大丈夫です」と六合が実資の手を握る。

そのとき初めて実資は自分の手がひどく震えていることに気づいた。

五十を数えるほどして、再び晴明の母屋《もや》に風が吹いた。騰蛇が膝《ひざ》をついて現れる。

「主《あるじ》。婉子女王殿下は為平親王邸のどこにもおわさぬ様子」

「いない？」

「『鬼がやってきて女王殿下を拐《かどわ》かした』と女房どもが騒いでいます。さらに家人数人が惨殺されたようで」

実資は拳《こぶし》で床を力任せに殴った。

「道満めッ」

晴明は険しい表情のまま、「実資」と名を呼びつける。

「いまここで焦っても始まらぬ」

「しかし、どうして女王殿下なのだ。ふざけた真似《まね》を」両目から熱い涙がこみ上げる。悔しくてたまらない。

「実資」

「いつぞやは、女王殿下のために都を転覆させてもかまわないとかいうようなことを言っていたくせに」

「落ち着けッ、実資」晴明が一喝した。「狼狽《うろた》えるなッ。女王殿下の天命はまだ尽きていないと、天文に出ている」

「ま、まことか」

晴明はすらりと立ち上がった。

「いまおぬしの目の前にいるのは誰だ。私は安倍晴明。この都でもっとも力ある陰陽師のひとり」

「晴明……」

「神仏の加護のもと、われになせぬことなし」

神がかったような顔つきで宣言すると、晴明は実資を奥の間へ誘《いざな》った。

「俺が入っていいのか」

室内にはおびただしい数の書物や複雑な図を書き込んだ紙束、方形や円形、球形のさまざまな道具が置かれている。

「ここにあるのはみな陰陽師として必要な道具の数々。いつぞやは道満どのが押し入って秘伝の類を探していた場所だが、いまは特別におぬしに入ってもらっていい」

晴明はさまざまな道具のなかから、六壬式《りくじんしき》の占《せん》で用いられる式盤《しきばん》を準備した。方形の地盤のうえに、円形の天盤が乗せられていて、天盤を回して用いる。

十二支、十干、東西南北の四方の門、天門・地戸・鬼門・人門の四隅の門などが書かれていた。

晴明が合掌し、心を調和させる。

空気が澄んでいくようだった。

「南無《なむ》盤古《ばんこ》・盤牛王《ばんごおう》。南無釈迦《しやか》大如来《だいにょらい》。陰陽師・安倍晴明、謹みて申し上げる――」

神仏への帰依の姿を示し、その加護を祈願し、晴明は天盤を動かしはじめた。

張り詰めた時が流れる。

晴明は複雑に式盤を操り、ときに図を紙に書き、ときにいくつかの文字をそのそばに書き、天の心を地に降ろしていく。

ときどき、晴明は顎《あご》をそらせて天井を見た。屋根を突き抜けて、天の星々の声を聞いているのだ、と実資は思った。

だが、焦《じ》れる……。

誰かが実資の肩に手を置いた。騰蛇だ。大丈夫、と言うように小さく頷《うなず》いてくれる。

実資も頷き返した。

やがて、晴明の動きが止まる。

「右京《うきょう》よりも西――聖徳太子《しょうとくたいし》を本尊とする場所の近くか……?」

「広隆寺《こうりゅうじ》か」実資が大きな声を上げた。「太秦《うずまさ》の広隆寺の本尊は聖徳太子。右京の西で太子信仰のもっとも有名な場所だ」

晴明が振り向く。「おそらくその近くに女王殿下がいる」

実資が立ち上がった。

「行こう。いつかのえせ坊主のときのように、天后《てんこう》どのにすぐさま連れて行ってもらえないだろうか」

「落ち着け、実資。私はある理由から、今回は天后の力を借りるよりも騰蛇に牛車を操らせた方がよいのではないかと思っている」

「どうしてだ。早く太秦に行ったほうがいいだろう」

「もちろんできる限り早く行きたい。けれども、女王殿下をお助けするには、ある物が必要になるかもしれないと思っているのだ」

「それは何だ」

晴明はそのものの名を言うと、六合に「至急入手し、われらのあとを追え」と命じる。

六合は恭《うやうや》しく礼をした。


大内裏の南あたりからずっと西に行き、そのまま都を出てしまえば太秦がある。

地名の由来はかつて雄略《ゆうりやく》帝の頃に渡来系豪族の秦《はた》氏が絹をうずたかく積んだことにちなむとも言われていた。

都は東側の左京《さきよう》のほうが土地がしっかりしていて、名のある貴族たちの邸も多い。西側の右京は水はけがあまりよくないためだった。太秦はその右京のさらに先になる。それもあってか、貴族の邸などよりも寺社や墳墓などが散見される土地となっていた。

いつもなら人はおろか草花も静かに眠っている夜中に、牛車があらん限りの速さで走っている。

言わずと知れた、晴明と実資の牛車だった。

御者は騰蛇。勇猛な笑みを浮かべて牛を操っている。

「牛車というのは、こんなに速く走れるものだったのだな」

激しく揺れる牛車のなかで、実資が叫ぶように言った。縦に大きく揺れ、頭を打った。

晴明も縦に横にと身体は揺れているが、涼やかな顔つきと声はまったく変わらない。

「舌を嚙《か》むなよ。普通はどんなにがんばってもこれほど速くはならぬさ。騰蛇には牛の全力を出させるように命じてあるからな」

「ということは、年に幾度か、あるような、牛車の暴走、と、いうのはっ」

「これよりも遅い」

もう一度、実資は牛車のなかで頭を打った。

「あ痛――。牛車も牛も、もつのか⁉」

まだ都を出たばかりである。広隆寺までは少しあった。

「案ずるな。天后に護《まも》らせている。もともと天后は航海の安全を司る女神。牛車という陸の移動の安全も守ってくれるさ」

任せてください、というかわいらしい女童《めのわらわ》の声が聞こえた。

「よろしく頼む。――できればあまり頭にこぶができないようにもしてくれるとうれしい」

実資は健気《けなげ》に申し出たが、それに答えたのは騰蛇だった。

「それは無理かもな」

広隆寺は聖徳太子を本尊とする寺である。聖徳太子が渡来人・秦河勝《かわかつ》に仏像を授けたことが始まりとも、太子の死を悼んだ推古《すいこ》帝が供養のために建てたとも言われていた。『聖徳太子伝暦』では、さらに別伝がある。それによると、あるとき聖徳太子が夢で楓《かえで》の林に囲まれた霊地を見た。そこには大きな桂《かつら》の枯木があって五百羅漢《らかん》が集まって読経していたという。太子がその夢を秦河勝に語ったところ、河勝は自らの所領の葛野《かどの》の景色によく似ていると返答した。太子が葛野へ行ってみると、夢で見たような桂の枯木があり、そこに無数の蜂が集まっていた。その羽音が聖徳太子には尊い説法と聞こえ、ここに楓野別《かえでのべっ》宮《ぐう》を営造すると共に寺を建立したとされている。

　だが残念ながら寺の建物は、いまから一七〇年ほどまえの弘仁《こうにん》九年に全焼してしまった。それから二〇年弱経《た》って、空海《くうかい》の弟子・道昌《どうしょう》が復興に努めた。弘仁九年の火災で失われた尊い仏像もあったが、残ったものも数多かった。飛鳥《あすか》頃の作成と言われる弥勒菩薩《みろくぼさつ》像は繊細な美しさで有名だが、この寺の本尊の聖徳太子立像が残ったのはやはり何らかの御仏の力が働いたものであろうと思われていた。

　牛車が徐々に速さを落として、広隆寺の南側で止まった。

　実資が、転がるようにして牛車から降りる。その場で足腰を伸ばさねば一歩も歩けそうになかった。

「やれやれ。稀有《けう》なひとときだった」

夜が白々と明けようとしている。

「日記に書くかね」と晴明が、水色の空気のなか、軽やかに牛車から降りた。

寺からはすでに朝の勤行の気配がする。

「考えておこう」足腰をほぐした実資が、寺のほうを向いて合掌拝礼した。「ここの聖徳太子像は、太子が三十三歳のときの姿を彫り上げたものと言われている。普通の仏像などと違って像そのものは下着姿なのだが、帝が即位の儀で用いる黄櫨染御袍《こうろぜんのごほう》を下賜《かし》されて、お召しになっている」

秘仏であり、年に一日しか開扉されない。

「まさにこの寺は聖徳太子の息吹が感じられる、ある種の聖地なのだろうな」と晴明も合掌拝礼した。

騰蛇が歩き出し、そのあとに続くようにふたりも歩き出した。この寺の敷地の南西の大きな楓の木が目印、というところまでわかっている。

「まったく。このような寺があり、崇拝する人びとも無数にいるというのに聖徳太子を稀代の悪人と称するとは。顕光どのはどうかしている。まともになってよかったよ」

実資が苦々しく言った。すると晴明はひどく真面目に返答する。

「この寺は聖徳太子の聖地と言ってもいい。ならば、聖徳太子を悪人と考える者ならば、目障りこの上ないはずだ」

「…………」

「もしこの寺を、やんごとなき女王殿下の血で穢《けが》すことができれば、ここは聖地ではなくなるかもしれない」

「晴明……」

「むしろ、人びとの信仰の力を逆流させて悪用し、怨霊をよみがえらせる力に代えられるかもしれぬ」

実資が睨《にら》みつけるように厳しい表情になる。

「それが、狙《ねら》いだというのか」

「おそらくな」

実資は唸《うな》った。「女王殿下は無事なのか」

「大丈夫なはずだ」

実資は少しだけ安堵《あんど》したが、怒りを露《あら》わに呟《つぶや》く。「道満め。何ということを……」

「山か、谷か、それとも辻のどこかか、六条の河原か。あるいはそれらぜんぶになるかもしれない。――これはおぬしが話してくれたことだな」

「そうだ。何を言っているのかわからなかったが」

だいぶお互いの顔がしっかり見えるようになってきた。東の空が赤い。

烏《からす》どもが激しく鳴きはじめた。

先行していた騰蛇が足を止め、向こうを指さす。

「主。あれを」

騰蛇が指さす先には、闇があった。いやそれは闇ではない。漆黒《しっこく》の羽の烏が無数にいて道を塞《ふさ》いでいるのだった。

「烏か」と実資がそのまま歩こうとする。

押し合いへし合い、重なり合うようにいた烏が、途端に実資に噛みかかろうとした。

「あぶないっ」と晴明が実資の腰帯を引く。

烏のくちばしか爪が実資の頬をわずかに削った。

実資が下がると烏どもはまたその場で鳴き騒いでいる。

「晴明、これは……?」

「この烏どもが門番であり、処刑人なのだろう」

「何だと⁉」

と実資が色めき立った。

「こやつら、人を喰うぞ」

「あなや。呪か何かなのか」

「半分は呪であり、残りは生き物の習性だろう。いずれにしても夜の間はこのように女王殿下への道を塞ぎ、日が昇って目が見えるようになれば——女王殿下に喰らいつく」

実資の顔から血の気が引いた。「女王殿下を喰うというのか」

「鳥葬という言葉を知っているか。遥《はる》か西方では亡骸《なきがら》を鳥に喰わせるという弔い方があるそうだ。山か谷か辻か、などと言ったのは、鳥についばまれて身体がばらばらになることを暗示していたのだろうよ」

「女王殿下はまだ生きているのだろ⁉」

実資が一歩踏み出すと、また烏どもが威嚇してきた。

「待て、実資」

と晴明が再び実資を引き戻した。実資の頬と両手に傷が増えている。

「しかし、このままでは――ッ」

晴明が実資の両肩を摑《つか》む。

「だから、私は六合を使いに出したのだ」

「…………‼」

騰蛇が天を仰いだ。「主。噂をすれば何とやらです」

その声に振り向けば、朝日が天女の姿に変わったような美貌《びぼう》の式、六合が現《うつ》し身を取ってふわりと地に降り立つところだった。両手には赤い果実をたくさん手にしている。

「遅くなり、申し訳ございません。なるべく熟しているものを都中から集めて参りました。腰の小袋に数百。入りきらぬものは抱えて参りました」

「有り難う」と言って晴明はその果実を手に取り、香りを嗅《か》いだ。「日の出には間に合ったな」

「その実は……石榴《ざくろ》か」

晴明はにやりと笑った。

「仏典に曰《いわ》く、人間の赤子を喰らう鬼子母神《きしもじん》が、釈迦大如来に諭されて赤子の肉の代わりに食したとされるのが石榴だ」

そう言って晴明は石榴を鳥の群れに放《ほう》った。鳥どもはわれ先にと争って石榴に喰らいつく。耳が痛くなるほどのけたたましい鳴き声を立てていた。

中身を激しくつつかれ、食い千切られている石榴は、遠目には生き物の肉のようにも見える。

「なるほど。石榴の実で人の肉の代わりとするのか」

「そういうことだ。六合の腰の小袋の数百個と合わせれば何とかなるだろう」

実資は思わず六合の柳腰の小袋を見つめた。

「あんな小さな袋に……？」

「陰陽師の式とはそういうものでございます」と六合。

「……しかしそれほどの数の石榴、どこから取ってきたのだ」

晴明と六合が微笑んだ。

「知らないほうがよいことも、世の中にはございます」

「陰陽師とはそういうものだからな」

実資は詮索《せんさく》をやめた。

騰蛇が両手で石榴を放り始めた。

「喰らえ、喰らえ、烏ども！」

実資も石榴を投げる。「童の雪玉遊びのようだな」

「ははは。では童心に戻って烏どもに石榴を馳走《ちそう》してやれ」そういう晴明も石榴を投げている。「曙光《しょこう》が射《さ》せばやつらは女王殿下を目がけて飛び立つ。そのまえに石榴で道を開くのだ」

六合が舞うような優雅な振る舞いで石榴を放る。

烏どもは石榴にすっかり気を取られて、ばたばたと騒ぎ立てている。

木立を曲がったところに婉子がいた。

「晴明。女王殿下だ」

ひときわ大きな楓の木があり、その太い枝に立たせるようにしながら木に縛り付けられている。

「もう少しだな、実資」と石榴を投げつつ晴明が言う。「夜が明けて女王殿下を見失えば、烏どもを操っている呪も消えるだろう」

だが、烏どもはあまりにも貪欲《どんよく》だった。

「石榴がどんどん減っていく……足りるのか」と実資が焦る。

「こいつらぜんぶ地獄にたたき落としてやりたいな」

騰蛇が笑いながら怒っていた。

「騰蛇。無用な殺生はわれら式の本分にあらず。大丈夫。足りなくなったら騰蛇の身体を烏どもに喰わせて気を引きます」

と六合が真面目に言い返す。

「それって、絶対痛いやつだろ⁉」

婉子のところまではあと一町（約一二〇メートル）もない。

そのときだった。

急に頬が熱くなる。

曙光の日差しが頬を射したのだ。

「ああ。日が昇る」実資が悲痛な声を上げる。

刹那《せつな》、実資は決断するより先に身体が動いていた。

持っていた石榴を投げ捨てると、実資はそのまま婉子に向けて走り出した。

朝日が婉子の顔を照らし、婉子は小さく呻《うめ》いて目を覚ました。

「ううん……こ、ここは――」

婉子が自らの置かれている状況に気づくより先に、自然に悲鳴がもれた。

「いやあああ――」

実資が叫んだ。

「いま助ける、女王殿下っ」

木の周囲にいた数十羽数百羽の烏が鳴き声を張り上げて、一斉に実資に襲いかかろうとする。

「実資さまぁっ‼」

婉子の絶叫に、烏の何割かが標的を変えようとする。

実資は顔と言わず腕と言わず烏どもにつつかれ引っかかれながら、叫ぶ。

「そっちじゃない。俺を喰らえ‼」

主、と式たちが晴明の指示を仰いだ。晴明は懐《ふところ》から両手で複雑な印を結ぶ。

「実資、目をつぶっていろッ。――おんいんどらやそわかッ」

晴明の帝釈天《たいしやくてん》真言に呼応して、雷光が炸裂《さくれつ》した。

帝釈天は天竺《てんじく》の雷霆《らいてい》神インドラが仏法護持の外護神となった存在である。雷は帝釈天がもっとも得意とする武器だった。

かあかあかあかあ――。

無数の烏たちが雷光のまぶしさに目をやられ、逃げ惑う。

その隙《すき》に実資は楓の木によじ登ると、婉子を縛りつけてあった縄を太刀で切り裂いた。目が見えるようになった烏が、本来の獲物——婉子を狙う。

「晴明ッ、頼む‼」

叫ぶや、実資は婉子を抱きしめたまま楓から飛び降りた。自分の背を下に向け、婉子をかばう格好だ。

「天后、ふたりを護れッ」

晴明も叫んだ。一陣の風と化した天后が、落下してきた実資と婉子を受け止め、持ち上げ、晴明の背後にふわりと地に降ろした。

朝になって覚醒した烏どもが大空に飛び上がり、晴明たちを窺《うかが》う。

「烏どもよ、おぬしらの夢は終わった。ここに餌《えさ》はないぞ。——急急如律令《きゆうきゆうによりつりよう》！」

もはや烏どもを操っていた呪は感じられない。晴明は刀印で大空を縦横に複雑に切り、裂帛《れつぱく》の気合いを放った。

数百羽は下らない烏どもが、かあかあと鳴きながら散り散りになって飛び去っていく。

楓の木の周りに式盤のように複雑な文様が描かれていたのがわかったのは、烏どもがすっかりいなくなってからのことだった。

婉子を救い出した実資たちは、晴明の邸へ戻った。牛車は急いでいたが、先ほどのような無謀な速さは出さない。

牛車のなかには傷だらけの実資、晴明と婉子、さらに六合がいた。晴明は半眼の状態で沈黙している。婉子は気を失ったままで、六合が肩を抱くようにしていた。実資は騰蛇がくれた軟膏《なんこう》を顔や手の傷に塗ったあとは、黙って婉子を見つめていた。

着ていた狩衣《かりぎぬ》はあちこち破かれているが、心は熱いままだった。

大内裏のまえを過ぎた辺りで実資が晴明に尋ねる。

「晴明。女王殿下は大丈夫なのだよな」

「あまりの出来事に気を失っておられるだけだ。六合がいるから安心するといい。おぬしこそ、大丈夫か」

「ああ。問題ない」

「それは重畳」

晴明の邸に着いた。

六合がそのまま婉子を母屋に運び、寝かせた。晴明は、婉子を救出したと為平親王邸へ知らせるように騰蛇に命じ、さらに源頼光を呼んでくるように命じる。

「頼光どのを呼ぶのか」と実資が首をひねった。

いま、六合は婉子にずっと付き添っているので、天后が女童の姿で現れて、実資と晴明に粥《かゆ》を用意してくれていた。

「女王殿下が捕らわれていた楓の木の下、奇妙な文様が描かれていただろう」

「うむ。まるで何かの儀式でも行うような雰囲気だったが」

「ふふ。正解だ、実資。あれはまさしく儀式の祭壇《さいだん》。私が言ったとおり、聖徳太子の聖地を女王殿下の血で穢してよみがえらそうとしたのだろうよ」

何を、と言いかけて、実資は自ら答えに行き着いた。

「八所御霊か」

晴明は答えずに朝霧のように微笑んだ。

「主、実資兄さま。粥ができました」と天后の声がした。

ふくふくとした匂《にお》いと共に、粥が運ばれてくる。

粥の温かさ、甘さ、身体を満たしていく力強さにため息を漏らした実資だったが、あらためて晴明に尋ねた。

「このあと、どうするのだ」

「女王殿下を拐かし、さらには聖徳太子の聖地を穢そうとした。少々悪さが過ぎるので、お仕置きをしてやろうと思ってな」

実資は軽く震える。「道満と再び戦うのか」

晴明は匙《さじ》で静かに粥を食すと、

「いろいろ因縁が積もりすぎた。清涼殿に呼び出して正々堂々と対決をしてくれる」

「清涼殿だと⁉」実資が目を見張る。「そんなところへどうやって呼び出すのだ」

「すでに牛車のなかで呼び出しの呪はかけた」

「まことか」

と驚く実資に、晴明はどこか凄絶《せいぜつ》なものを感じさせる笑みを見せた。

「あちらが格下なのだから、私から逃れることはできないさ」


清涼殿は内裏のなかでも特別な場所である。すなわち帝の居住空間なのだ。平安遷都初期は東にある仁寿殿《じじゆうでん》や、さらにその北の常寧殿《じようねいでん》が帝の生活空間だったが、近頃ではもっぱら清涼殿が帝の居住と政務と儀式の場となっていた。

東面して建てられ、南東に紫宸殿《ししんでん》、南に校書殿《きようしよでん》がある。帝の日中の御座所である昼御座《ひのおまし》や寝所の夜御殿《よるのおとど》、朝餉《あさがれい》の間などがあると共に、后たちが伺候する局《つぼね》や公卿の殿上間《てんじようのま》があった。

この日――婉子を救出したその日のうちである――実資は禁裏《きんり》を守護する左近衛中将として、清涼殿から内密で帝に凝花舎《ぎようかしや》へとお運び願ったのである。もともと、今上帝は花山《かざん》帝落飾のおりに凝花舎で兼家《かねいえ》たちに護られて三種の神器をもって即位した経緯があるから、比較的すんなりと事は運んだ。

清涼殿に出入りする主立った者たちにも、実資が左近衛中将の権限で人払いをお願いする。用があったという公任や顕光も追い出した。難色を示した者にはいまや押しも押されもせぬ公卿の仲間入りをしようという藤原道長からも働きかけてもらった。

いま清涼殿には、実資と晴明、それに大鎧《おおよろい》を身につけた頼光だけがいる。

六合は相変わらず婉子に付き添っていたし、騰蛇は姿を消したまま凝花舎の帝を守護していた。

清涼殿は変に静かだが、他の殿舎では今日の勤めを終えた貴族たちが歌を詠んだり蹴鞠《けまり》をしたりしている。管弦の音が聞こえるのもひとところだけではなかった。

「女王殿下は無事に為平親王邸に戻られただろうか」

と実資が清涼殿の東の東庭から南の竹を見ながら独り言のように言った。

東庭の北に呉竹《くれたけ》の台《うてな》があり、南に川竹《かわたけ》の台がある。

その川竹の台の遥か向こうの為平親王の邸を、実資は見つめていた。

「そろそろだろうな。六合がずっと付いているから大丈夫だ」

晴明が涼しげに答える。

「ようやくに秋の空になってきましたな」

と頼光が悠揚迫らない口ぶりで空を見上げて目を細めた。

「先日、神剣を放ってから頼光どのは何か心境の変化はありましたかな」

と晴明が尋ねると、頼光は穏やかに微笑んだ。

「あったと言えばありましたし、なかったと言えばありませんでした」

「少しお聞かせいただけますかな」

頼光がはにかみながら、

「剣というものはそれ自体に力があるのではなく、それを神仏の代わりに振るうからこそ義となるのだという、これまでの念《おも》いがますます強くなってきました。いやむしろ、剣の形を取った神仏の御心《みこころ》を預かっているのだ、と」

「なるほど」

「その反面、自分が剣のことを何も知らない気持ちになりました。おかげでいまは無性に剣の腕を磨きたい気持ちです」

すばらしい名人の境地だな、と頼光の話を聞きながら実資は思った。詩歌の世界でも同じような心境に達するという話を聞いたことがあるから、どこか理解できる。

同時に、この悠然たる姿に頼もしさと戸惑いも覚えた。

「晴明。たった三人で大丈夫なのだろうか」

「うむ？　三人もいるではないか」

「いや、晴明と頼光どのは、それは強い。それぞれ一流の陰陽師であり、剣の使い手だ。

けれどもその、俺を物の数に入れていいのか」

晴明が朗らかに笑った。

「おぬしは謙虚で結構なことだ」

まったくです、と頼光も微笑んでいる。実資には本気で意味がわからないのだが……。

風が吹き、竹の葉が揺れた。

実資が庭を見回す。

だが、誰もいない。

「あの道満を相手するのに、晴明の式が誰もいないというのがどうも落ち着かない……」

「いまここにいないだけで、私が呼び出せばすぐにでも来るさ」

「そうなのか」

「何事も奥の手は隠しておくものだろ？」

「まあ、そうなのだが……」

「それにもしかしたら、十二の式すべてを呼び集めねばならぬことになるかもしれない」

「え？」

晴明が髭《ひげ》のない顎をつるりと撫でた。

「ほんとうに八所御霊すべてをよみがえらせてくれてしまったら、そうなる」

「………」

実資は生唾をのみ込むのが精一杯だ。

風が鳴った。

頼光が無言で太刀の柄《つか》に手をかける。

実資が驚き、庭をきょろきょろしていると、晴明が告げた。

「来たな」

そう言った晴明は、実資とはまったく別の方向、清涼殿の簀子《すのこ》を見ている。

その視線の先に、乞食姿の老行者の姿があった。

周囲の音がしなくなっている。昨夜と同じだった。

「あなや」実資が眉《まゆ》をひそめる。「てっきり庭から来ると思っていたが、堂々と簀子を渡ってくるとは」

「あの行者どのは内裏に入る力があるからな」

「どういうことだ」と口にした実資が、ふと言葉を切った。「――晴明。俺はあることに気づいたのだが」

「ほう。何かね」

くっくっく、と老行者が乾いた声で笑う。

もうすぐ、そこにやってくる。

しかし、実資は確かめなくてはいけないことがあった。

「俺はあの老行者を見たときから、その雰囲気、しゃべり方などから死んだ蘆屋道満がよみがえったものだとてっきり思っていたが、晴明、おぬしはただの一度も、あの老行者を『道満』とは呼んでいないよな」

実資は自分で問いながら背筋に冷たいものを感じた。

老行者は、頼光の太刀が届かないあたりに立ち止まると、声をかけてくる。

「やれやれ。おぬしら、年上への礼儀はないのか。目の前であれこれ詮索しおって。そんなにわしが生きているのがおかしいか」

その声も人を小馬鹿にしたような話しぶりも、やはり道満にしか聞こえない。

だが、晴明はこの行者を「道満」の名では呼んでいないのだ。

晴明は老行者に向きを変えると、束帯の両袖を合わせ静かに対峙《たいじ》する。

「これはこれは老行者どの。わざわざのお運び痛みいります」

「わしはわしの意志で来ただけじゃ。その様子だと婉子は助け出せてしまったようじゃな」

「……っ‼」

思わず拳《こぶし》を固めた実資を、頼光が止めた。

「かかか。日記之家の当主は血の気が多いなぁ。顔の傷のおかげで少しは血の気が抜けて落ち着きが出るかと期待したのじゃがな」

実資を挑発する相手に、晴明は語りかけた。

「老行者どのは内心、こうお考えではないのですか。『清涼殿はたしか人払いしていたはず。なのになぜこやつらはもとより、自分まで立ち入ってしまったのか』と」

「何？」

おや、と実資は思った。いまこの瞬間、明らかに道満らしき老爺が動揺を見せたからだ。

やはりこやつは——？

「おぬしがここへ来たのは、そのように私が呪をかけたから」

「何じゃと？」

晴明はやや顎をそらせて見下すような目つきで笑みを見せた。

「そろそろ蘆屋道満どのの真似はやめてもらいましょうか」

実資は「あなや」と声を発していた。

「やはり、あの行者は道満ではなかったのか？」

「実資。道満どのの代わりに私があえて明言しよう。道満どのはおぬしの器を見、女王殿下の将来を託すにたると判断し、委ねた。その道満どのが、いかなる理由があろうとも女王殿下を生け贄《にえ》にするようなことは絶対にしない」

「晴明……」

老行者は嘲笑《ちょうしょう》した。「くっくっく。人は心変わりするものぞ？」

「それ以外にもおぬしが道満どのではない理由がいくつかある」

「何をほざく」

「私はおぬしがこの場へ来るように呪をかけた。本物の道満どのなら、私のそのような呪にはかからない。かかった振りをするだけだ。しかし、おぬしは自分が呪にかかっていたことさえ気づいていなかったではないか」

「……ッ」

晴明は両袖を合わせたまま一喝する。

「その程度の生半可な術者が蘆屋道満の振りをするとは、無礼千万ッ」

「く……っ」老行者が震え、一歩後ずさりした。

「道満でないなら怖くない」と、やや元気を取り戻した実資を、晴明が止めた。

「まだだ。実資、待て。隠れている術者はあやしのものと一緒で、正体を暴かれたらおしまいなのさ」

「正体……？」

「そう。おぬしもよく知っている人物さ」

やめろ、やめろ、と老行者が狼狽える。その声は弱い。

「私はさっきこう言った。『清涼殿はたしか人払いしていたはず。なのになぜこやつらはもとより、自分まで立ち入ってしまったのか』と」

「……まさか、先ほど俺が清涼殿から人払いをしたなかに、あの老行者の正体があったというのか。いや、だがあのような背丈と声の人物はいなかったぞ。そうだ、それにあの手のやけどのあと。やはりあの男は――」

「道満どのではないぞ」と晴明が実資の言葉を封じた。「道満どのの真似をして、そう見えるように呪をかけているに過ぎぬ」

「何と」

晴明は両袖を解き放つと、いつの間にか右手に持っていた呪符を行者に放った。

「急急如律令。さあ、正体を現せッ」

晴明の呪符が行者の身体に張り付き、灼熱《しゃくねつ》する。

「な、何をする――」

行者は倒れ、悶《もだ》え、苦しみ出した。

小柄な身体が伸び、襤褸は束帯に代わる。

やけどのあとが痛々しかった皮膚は、白くきれいになっていく。

呪符の力が消えた。

腰に太刀を佩《は》いた束帯姿の男が、ゆっくりと立ち上がる。

中納言藤原顕光だった。

実資が唖然《あぜん》とする。

「顕光どの、だったのか」

立ち上がった顕光は軽く頭を振ると、実資を傲然《ごうぜん》と笑った。

「ははは。日記之家の無能者。私の正体にまったく気づかなかったな」

頼光が静かに太刀を抜き、刀身を立てて右頭部に寄せ、左足を一歩まえに出している。

「顕光どの、先日は鬼に襲われたのに……?」

事情がまだのみ込めていない実資を、さらに顕光が嘲笑する。

「そういうところが馬鹿だというのだ。救いようのない愚者よ。人を無能呼ばわりするまえに、自分が犬畜生にも劣ると知らぬ〝馬鹿すけ〟よ」

顕光の毒舌に実資が顔をしかめた。

そこにはもう、勤めはへまばかりだが人のよい中納言はいなかった。

長年蓄積した鬱屈《うっくつ》を、童が使うような罵《のの》り言葉にして周囲にぶつけるだけの、束帯姿の悪餓鬼がいるだけだった。

実資は悲しい気持ちになって友の名を呼んだ。

「晴明……」

「耳を貸すな。悪鬼どもの戯《ざ》れ言と聞き流せ」

顕光が哄笑《こうしょう》する。

「かかか。お利口な晴明や実資はそうやって私の話を戯れ言と言っているがいいわ。その間に私は八所御霊をすべてよみがえらせる。そうだ。私は蘆屋道満も安倍晴明も超えていく。本朝最高の陰陽師として私の名が不朽となるのだッ」

「先日の〝邯鄲《かんたん》の夢〟で世の無常を悟ったのではなかったのか」

と実資が叫ぶと、顕光が目を丸くして手をたたいた。

「おお。そうだったな。礼を言うぞ。いい夢を見させてもらった」

「何だと」

顕光は恍惚《こうこつ》と天を仰ぐ。

「すばらしい夢だった。位人臣を極めて君子と讃《たた》えられる。世に二人といない大悪人として悪の限りを尽くす。どちらも富と名声と女とあらゆる栄華がついて回ったよ。すべてを失って転落したときにも、歴史に名を残す大罪人となる名誉を手に入れた。そうだ。世は無常だ。だから私がすべてを手に入れなければいけない」

実資は愕然とした思いになった。

「しょ、正気なのか。世のすべてが儚《はかな》いと悟って執着を去るどころか、まったく逆の見方を持つとは」

晴明も軽く顔をしかめた。

「このように無常を解釈する人間がいるとは。私もさすがに想像しなかった」

「かかか。だからおぬしらはお利口で馬鹿だといっているのよ。私の心から鬼神は去っていない。夢から覚めたあとの私の有能ぶりを見ただろう。私はすべてを自分のものにできる。それだけの偉大な才があるのだ」

「それのどこが、偉大な才なものか」と、これまで黙っていた頼光が口を挟んだ。

「頼光か。思い上がるなよ。雷は菅原道真公、すなわち怨霊とて操ることができる」

「神の雷《いかずち》と怨霊の雷《かみなり》の区別もつかないなら、おぬしこそ愚かだ」

と実資が言い放つ。

「……ッ‼」

顕光がたじろいだ。実資の言葉が言霊《ことだま》となって、頼光へ対する侮辱を真っ二つにしたのだ。

「さすが実資。他人のこととなると、強い」と晴明がにやりとする。

顕光はまなじりを決して叫んだ。

「いまのうちにせいぜい馬鹿にしているといいわッ。そのうちおぬしらは命乞《いのちご》いしかできなくなるのだからな」

「何を――」

「私はあの夢のなかですべてを欲し、手に入れ、奪われ――最後は怨霊となった」

「……⁉」

顕光は両手を大きく開いた。

「いまの私は怨霊の心がわかる。怨霊をいかに目覚めさせるかわかる。広隆寺を婉子の血で穢して八所御霊をよみがえらせようとしたのは失敗した。だが、この内裏、この清涼殿を帝の血筋で穢すことはできる」

「どういう意味だ」と実資が舌戦を続ける。

「日記之家の〝馬鹿すけ〟よ、私の父は正一位《しょういちい》を贈られた藤原兼通《かねみち》である。さらにその父は右大臣藤原師輔《もろすけ》。その母は源昭子《しょうし》であり、彼女は文徳《もんとく》帝の皇子・源能有《よしあり》を父に持つ。つまりこの私自身が、帝の血筋を引いているのを忘れたのか」

晴明が両手を印に結び、一歩まえに出た。

「なるほど。自分自身を依《よ》り代《しろ》として怨霊をよみがえらせようというのだな」

「然《しか》り」

そう言って顕光は自らの太刀を抜き、首筋に当てようとした。

そのときである。

はっはっは、と晴明が朗らかな笑い声を上げた。

「何がおかしい⁉」

「失礼。帝の血筋を引いている。たしかにそうでしょう。しかし、ずいぶん遠い。それで女王殿下と同じく、やんごとない血を自称するのはいささか無理があるのではないかな」

「黙れ、下郎。おぬしの母など狐《きつね》だと言うではないか」

「実資は藤原家小野宮流の当主。養父にして祖父の藤原実頼どのの母は宇多《うだ》帝皇女・源順《じゅん》子《し》。この実資のほうがおぬしよりも、帝の血を濃く引いているのではないか」

晴明が指摘すると、実資はやや不思議そうな顔をし、顕光は激高した。

「黙れ黙れ黙れッ」

「それからもうひとつ」と晴明が続ける。「八所御霊すべてをよみがえらせるなど、蘆屋道満の真似もまともにできなかった偽物のおぬしには到底、不可能」

その場の全員が晴明に視線を走らせた。

「晴明ッ。朕《ちん》を愚弄《ぐろう》するつもりか」

朕とは帝が自らを指して使う言葉だ。

当然ながら、臣下である顕光が用いてよい言葉ではなかった。

「朕、か。心のなかではそう自称していたのだな。ああ、それから〝愚弄〟などという難しい言葉をよくご存じで」

「晴明……‼」と顕光が奥歯を嚙みしめている。

なぜこんなに晴明は顕光を挑発するのだろうかと、実資は考え、ひとつの考えを思いついた。

もしかすると晴明は、好敵手である蘆屋道満を侮辱されたように感じて怒っているのではないか……。

「そもそもおぬし自身が、八所御霊ぜんぶをよみがえらせることができるなどと考えていなかっただろう？」

「な、何を言うか。朕はすでに八所御霊の力を駆使できる。だからこそ、公任の家人に飲ませた呪符には『八』の字があったであろう」

八所御霊にちなんで「八」と書いたらしい。

「なるほど。あの『八』はそういう意味でしたか」と晴明がわざとらしく感心してみせる。

「おぬしらには到底及びもつかぬ呪の叡智《えいち》であろう」

「羅城門《らじょうもん》近くの鬼姫。あれを操っていたのもおぬしかな？」

「くく。なぜそう思う？」

顕光、最前のやりとりで気をよくしているようだ。

「あの鬼姫を調伏したのち、折れた木簡が見つかった。上のほうは欠けていたが、残り部分に『禅師《ぜんじ》』と書かれていた。おぬしは聖徳太子と御仏の教えをいたく嫌っているようだから、『禅師』などという言葉は似合わないように見える」

「然り」

「けれどもこの『禅師』はなかなか珍しい。近くは帝の位を狙った僧・道鏡《どうきょう》に与えられた太政大臣《だいじょうだいじん》禅師があるが、八所御霊ではないから外していいだろう。八所御霊で『禅師』を与えられた人物はひとりだけ。東大寺《とうだいじ》や大安寺《だいあんじ》で修行した『親王禅師』早良親王だ」

顕光が胸を張る。

「かかか。よくぞそこへたどり着いた。ちと手がかりを与えすぎたかな。朕は人にやさしすぎるのが欠点でな」

ほざけ、と実資が反論するより先に、晴明が言葉の剣を突きつけた。

「しかし、ほかの怨霊の力の痕跡はないと言っていい」

「……ッ」

「つまり、おぬしが真に狙っていたのは早良親王の復活。八所御霊すべてなどおぬしの手に余ると自分でよくわかっていたからだ」

持ち上げられていた気持ちにいきなり刺し込まれ、顕光は怒りに顔を歪《ゆが》ませた。

「下郎ッ。鬼畜ッ。犬畜生ッ。狐の子ッ。朕はできる。できるんだッ」

「そこまで言うなら、八所御霊をこの場に呼んでみせよッ」

晴明の大喝に、醜く歪んだ顕光の顔が引きつった。

「呼んでやる。降ろしてやる——。後悔するなよ」

晴明は顕光を見据えたまま呟いた。「来るぞ」

顕光は持っていた太刀を再び首に当てようとしてためらい、結局自分の腕を切りつけた。

血が流れ、清涼殿の簀子にしたたった。

「南無御霊。南無八所御霊。来たれ、来たれ、来たりませいッ」

ひどい腐敗臭が立ちこめる。

顕光の叫びに応じて、清涼殿の空気が歪んだ。

八つの黒い炎が床から吹き上がる。

そのうち七つが巨大な人間の形を取った。

最後のひとつ、もっとも巨大な黒い炎は顕光の足下から吹き上がり、彼を包む。

七つの巨人はあるいは女性、あるいは男の輪郭を持っていた。だが全身が影のように黒く、暗い。

巨人どもはおよそ人の心の熱をまるで感じさせない声で、名乗った。


――われは井上大皇后なり。

――われは他戸親王なり。

――われは藤原夫人なり。

――われは橘大夫。

――われは文大夫なる文室宮田麻呂。

――われは吉備聖霊ぞ。

――われは火雷神なるぞ。

七柱の怨霊の名乗りに、実資は鳥肌が立った。何ということだ。本当に八所御霊がそろおうとしている。

煤《すす》色の炎を全身に帯びた顕光が、目を見開いた。

『われこそが早良親王。怨霊どもの頭である』

実資は呻いた。

「これが、八所御霊――」

だが、そのとき、不思議な違和感も抱いた。

やはり吉備聖霊というのは怨霊なのか?

吉備聖霊を名乗った巨人は、天平《てんぴょう》頃の男の朝服のような形を取っていた。吉備聖霊は吉備真備だとも言われる。吉備真備なら本朝の陰陽道の祖だ。また晴明の話によれば怨霊どもの和魂とも言っていた。あるいは吉備内親王の説もあるが、あの巨人はどう見ても男の姿を取っている。

さらに違和感があった。

怖くない――?

これまで、実資はさまざまな闇の者たちと相対してきた。鬼や生霊《いきりょう》などのあやしのものは言うに及ばず、底知れぬ呪力を持った本物の蘆屋道満や怨霊そのものとなった菅原道真とも、自らの目と耳と心で向き合ってきた。

それらと比べたとき、同等の戦慄《せんりつ》を覚えるのは早良親王だけ。残りの七柱の怨霊という者たちは明らかに見劣りする。

「晴明。この怨霊ども、もしかして七柱は偽物ではないのか」

実資がささやくと、晴明が声に出さずに破顔した。

「よくぞ見抜いた。あの早良親王なるものはともかく、他の七人はただの悪鬼羅刹《らせつ》や鬼女の類。私の呪で何度でも祓える」

その声を聞いた頼光が、すぐに動く。

「南無釈迦大如来。南無八幡大菩薩。いざ照覧あれ」

刀身を立てて構えていた頼光が、もっとも手近な〝怨霊〟藤原夫人を一刀のもとに斬り捨てた。

藤原夫人を名乗っていたあやしのものは水が砂地に沁《し》みるように消え失せる。

頼光の一撃と同時に、巨大な雷鳴が天に響いた。

その雷鳴に、早良親王以外のあやしのものが身を震わせる。

「顕光よ。雷光を使えるのは私だけではなく、怨霊もだと言っていたようだが、その怨霊どもはわが雷を恐れるようだぞ」

頼光はさらに太刀を振り上げ、「電撃一閃《いっせん》ッ」と強く祈願した。激甚な雷が頼光の太刀に落ち、そのまま剣を稲光が這《は》っている。

不思議なことに清涼殿の天井は傷ひとつついていない。

早良親王以外の者どもがまたもや怯《ひる》む。

そこへ晴明が刀印を構え、縦横に切った。

「朱雀《すざく》・玄武《げんぶ》・白虎《びゃっこ》・勾陳《こうちん》・南斗《なんと》・北斗《ほくと》・三台《さんたい》・玉女《ぎょくじょ》・青龍《せいりゅう》」

横に五筋、縦に四筋の格子状の光が晴明の眼前に現れる。九字の呪だった。晴明がその光の中央に刀印を突き出すと、その光が怨霊もどきへ襲いかかる。

未練がましい悲鳴を残して、橘大夫と他戸皇子を名乗ったものが消えた。

「晴明、いまのは――」

「道満どのの九字はこんなものではなかった。偽物どのにはこの程度も無理だろうがな」

「逃がさぬぞッ」

頼光が太刀を振り下ろす。文大夫が袈裟懸《けさが》けになった。頼光が身を翻す。太刀はそのまま井上大皇后を自称した鬼女の首を刎《は》ね飛ばした。

「すごい……」

と、気づけば実資は声に出していた。

顕光が呼び出した怨霊と称するものたちが、晴明の呪と頼光の神剣によってあっというまに半減していた。

残るは、吉備聖霊と火雷神、さらに顕光が名乗る早良親王の三柱。

「真にすさまじきは頼光どのの神剣。頼光どのの招来する雷、まさに『神なり』か。手数を増やした剣術で翻弄して敵を仕留めるのではなく、必殺必中の一撃を確実に決めておられる」

と晴明が戦いの最中だというのに称賛した。

「畏れ入ります。それもこれも、晴明どのの修行があったればこそ」

頼光は謙遜《けんそん》しつつ、太刀を中段に構え、一切隙を見せない。

『おのれ。われを愚弄するか』

怒気を放つ顕光の額に二本の角が生える。叫び声と共に顕光は身をかがめて、両手で清涼殿を打った。魔性の力に清涼殿が激しく揺れる。実資は足を取られて尻もちをつき、頼光は予想外の事態に構えが崩れた。

晴明だけが波間にそそり立つ巌《いわお》のように微動だにしない。

「大地を揺らすだけではわれらは倒せぬぞ」

顕光が歯ぎしりをする。

『おのれ。朕は怨霊どもの頭。この穢れきった都を浄化する者ぞ』

晴明が両手を組み合わせて印を結んだ。

「蘆屋道満もどきに怨霊もどき。人まねものまねしかできぬおぬしにはちょうどよい」

『何をぬかすか、痴《し》れ者ども。竹よ、我が怒りの槍《やり》となれッ』

顕光が呪うと、川竹の台の竹が不自然にざわめいた。鋭い竹の葉が千切れ、そのまま幾十もの槍に変化して清涼殿の晴明たちに襲いかかる。

「実資ッ」と晴明は実資の身体を横ざまに抱きかかえると、そのまま庭へ転がり出た。頼光は刀で槍を防ごうとしたが、数が多すぎる。頼光も広く足場のしっかりした庭へ転がって逃れた。

『ふははは。そうだ、そうだ。ひれ伏せ。命乞いをしろ。朕を崇《あが》めよ』

今度は川竹の台の対になっている呉竹の台の竹の葉も槍と化して襲いかかる。

「天空《てんくう》、太裳《たいじょう》ッ」

晴明がその名を口にするや、晴明たちを中心に庭の土が土塀のように一挙に盛り上がった。竹の葉から生まれた槍がむなしく突き刺さる。

槍を防いだ土はもとのように鎮まり、あとには平城京《へいじょうきょう》の頃の衣裳を身につけたふたりの人物が出現している。川竹の台側と呉竹の台の側にひとりずつ。

川竹の台の側に出現したのは色白の細面に切れ長の目の美丈夫。皁羅《そうら》頭巾に青色の袍、金銀装腰帯に白袴《しろばかま》で横刀。騰蛇と同じく武官の朝服だったが、やはり色合いは律令にない。

「十二天将がひとり、土の凶将、天空、まかり越しました」

と名乗った。低く張りのある声だが若々しい。落ち着きのある態度は騰蛇よりも頼光に近いか。

天空は横刀を抜いた。

呉竹の台の側に現れたのは白い衣裳を纏った人物。

天空と同じく皁羅頭巾に袍を身につけているが、その袍は脇《わき》の縫い合わされた文官用の縫腋袍《ほうえき》であり、色は雪のごとき純白だった。驚くところはまだあった。美しい弧を描く眉に豊かなまつげ、桃色の肌によく通った鼻梁《びりよう》と季節外れの桃の花のような唇。どう見ても美姫の顔である。

「同じく十二天将、太裳。主命に応じ、参りました」

声を聞いて確信する。女人である。六合と同じく絶世の美姫と言っていい。その容姿であえて男装の麗人の姿を取っているのだろうか。

太裳は両手に幾枚もの呪符を持ち、扇のように広げて構える。

「晴明。このふたりは――」

「私の式だ。ともに五行で言えば土に類する。あの竹の葉の槍からわれらを守ってくれるだろう」

『くくく。小癪《こしやく》な。朕の力、防げると思うてか』と、顕光はにんまりと笑った。『朕は帝ぞ』

「何だと」と実資が言い返すと、顕光はおかしげにする。

『くははは。早良親王は崇道天皇の諡《おくりな》を追号されている。すなわち朕は藤原顕光であると同時に崇道天皇ということ』

「それがどうした⁉」

顕光は哀《あわ》れむような目で実資を見下ろす。まるで、いまから潰そうとしている蚤《のみ》に、気まぐれのように向けられた哀れみめいた目だ。

顕光が片手を上げると、再び竹の葉の槍が実資たちを襲った。

天空と太裳はそれぞれの力で先ほどのように大地を盛り上げ、楯《たて》となして矢を防ぐ。

「これしきの攻撃で、この天空の守りを抜けるものか」と天空。

「遊びで十二天将をやっているわけではないのでな」と太裳。

さらに吉備聖霊と火雷神なるものが、頼光を攻める。

頼光はそれらの攻撃をよく防いでいた。

「おぬしらごとき悪鬼羅刹が何体集まろうと、神の剣に敵はないッ」

だが顕光は余裕の笑みを浮かべている。

『せっかくの式も守り一辺倒ではどうしようもあるまい』そこで言葉をいったん切り、再び哀れむような目になって言った。『おぬしらは菅原道真公を抑えたな。だが、最後は帝にお出ましいただき、慰撫《いぶ》してもらったであろう』

「ふむ」と晴明が涼しい顔で顕光の言葉を聞いている。

『道真公は臣下だから帝が勅命をもって祭祀を行えた。しかし、早良親王はすでに崇道天皇という帝なのだ。この意味がわかるか？』

「……そういうことか」と実資が唇を噛んだ。「帝では帝を慰撫できないと言いたいのだな」

『そのとおり。内裏の者どもは早良親王を恐れるあまり、早々に帝にしてしまった。本朝の最高の神官である帝の慰撫でも帝と同格となった早良親王の怨霊を止められなくしてしまったのだ。ふははははは』

哄笑する顕光。その笑い声に交じって、低い笑い声がした。

「ふふ。ふふふ」

笑っているのは晴明だった。

『何がおかしい。それとも絶望しておかしくなったか』

晴明は不敵に顕光を見返した。

「だからおぬしは何も分かっておらぬと最初から言っているのだ。所詮は我流で二流の呪術。生半可な知識は身を滅ぼすぞ」

『痴れ者めッ』

「おぬしは知らぬのか。八所御霊を鎮めている存在を」

『何？』

晴明は両手で印を結び、続けた。

「あえて八所御霊の一柱のように祀られることで、人びとの信仰の力をも用いて他の怨霊を鎮めている存在。八所御霊として悪名をかぶろうとも、自らの名利を捨て、臣下としてただただこの国に尽くされているお方――本朝の陰陽道の祖にして最強の陰陽師のひとり、吉備朝臣《あそん》真備を忘れているのだよ」

急急如律令、と発すると、晴明の頭上に光の柱が立った。その光が出現した途端、顕光が従えていた吉備聖霊が短い悲鳴を残して消滅した。

その光のなかに、白い髭を生やし、金色に光る朝服を纏った人物の影が見える。

「これは――吉備真備さまか」

と実資が問うとその人物がかすかに頷いた。とても同じ人間とは思えない威厳を感じ、実資はなぜか涙がこぼれた。

『吉備真備だと……？』

「それだけではないぞ。おぬしは血筋にこだわるようだから、教えてやる。神泉苑の御霊会で祀られた六怨霊の中にも早良親王はおられるが、その御霊会を執り行ったのは清和《せいわ》帝」

『まさか――』

「清和帝の血を引く清和源氏三代目こそ、ここにいる源頼光どの。神剣の頼光どのだ」

頼光がひとり残った火雷神の胴を薙《な》いで真っ二つにする。

『吉備真備に……清和帝の神剣だと……？』顕光の目が紅蓮《ぐれん》の炎を放った。『認めぬッ。それは偽りの歴史。朕こそが本来、帝たるべき存在――あああああッ』

顕光が叫び声と共に、右手をこちらに突き出す。

荒れ狂う黒き炎が庭に躍りかかった。

天空と太裳が、竹の葉の槍を防ぎつつ、それぞれに炎に対抗する。

「怨敵調伏ッ」

「悪鬼退散ッ」

ふたりの式の声が重なり、不可視の楯が黒炎を防いだ。

顕光がさらに念を込める。天空と太裳が歯を食いしばった。

「晴明の式ふたりを、たったひとりで……」

「ふむ。どうやらあの早良親王は、一部かもしれないが本物の力を引いているようだ」

晴明がそう判断すると、顕光が嗤《わら》う。

『くははは。そうだ。朕は顕光であり、早良親王でもある。ゆえに朕こそが本来の帝』

しかし、晴明は言った。

「違う。おぬしは複雑に挫折《ざせつ》してきた自らの気持ちに向き合えず、陰謀なるものをでっち上げただけだ。弟に大納言《だいなごん》となられ、父に捨てられたのではないかという悲しさ。宮中ではかばかしい成果を上げられず、こんなはずではないと空回りする日々のむなしさ。みなから笑われ、徐々にそれになれていく自分をどうすることもできない悔しさ。その惨めな自らの裸の姿を見たくなくて、別のところに力を求めた。――我流の呪術にな」

顕光が顔を歪めた。

『違うぞ。朕は――』

「顕光どの」と実資が声をかけた。「もうやめろ。おぬしは帝ではない。臣下として、またやり直そう」

その言葉が顕光の逆鱗《げきりん》に触れる。竹の葉の槍がぴたりと止まった。

『やり直そう、だと？　たわけたことを。所領に恵まれ、父祖の日記という教養の海に恵まれ、何不自由なく生きてきたおぬしが、偉そうな口をたたくな』

「顕光」と、その毒舌に反発したのは晴明である。「おぬしは間違っている。実資が何の苦労もなくいまの地位を手に入れたと思うのか。なるほど、小野宮流に生まれたのは有利だったろう。しかし、実父である藤原斉敏《ただとし》どのが存命だというのに祖父の実頼どのの養子に入るのには、複雑な思いがあったとは思わぬのか」

「晴明……」誰にも語ったことのない実父と養父への思いに、晴明が配慮してくれていたことが実資にはうれしかった。

「それだけではない。いかに実頼どのに好かれようとも、実頼どのの実子を飛び越えて小野宮流を継承し、その所領の運営を任されることがどれほどの重圧か、わかっているのか。名門藤原家の中心である北家嫡流の一員たらんとの矜持《きょうじ》にかけて、自らを鍛え上げてきたからこそ今日の実資がいるのだ」

『ぐ……っ。しかし、実資の小野宮流は、九条《くじょう》流に政の実権では負けているではないか』

それには実資が答えた。

「それは俺の不徳の致すところ。しかし、都は大きい。内裏も大きい。同じく藤原家も大きいのだ。ひとりで、あるいはひとつの家系だけで支えるには重すぎる。だから俺は自らを日記之家として有職故実《ゆうそくこじつ》に集中させることにした。それはもしかしたら政としては敗者になったと言う者もいるかもしれない。しかし、俺はこの日記に救われてきたのだ」

『…………』

実資がぽつりと言った。「おぬしにも俺の日記にあたるものが、別にあればよかったのにな」

顕光が肩を震わせた。

『認めぬッ。所領も教養も蹴鞠も官職も容姿も恋も何もかも、おぬしは持っているッ。晴明だってそうだ。朕がほしくてたまらぬ法力を、生まれながらに井戸水のようにいくらでも持っているッ。天は不公平だ。世は狂っている。さればこそ、朕が怨霊になるのは当然なのだッ』

「生まれや育ちを口にして悪に走るのは、おぬしをこれまで支え励ましてくれた人びとへの侮辱であり、傲慢だぞ」

『おぬしに何がわかる⁉』

再び竹の葉の槍が四方八方から飛び出してきた。天空と太裳がそのすべてをたたき落とす。

顕光が跳躍した。太刀を振るって頼光に飛びかかる。実資に呪をぶつけようとする。晴明に吉備真備の力を使わせまいとする――。

「実資さま。こちらへ」と太裳が呪符を投げつけ、竹の葉の槍と顕光から実資を守る。

「ありがとう。――顕光よ。俺だってできなかったこともあれば、後悔もある。この年まで生きてきたら、やり直したいことはひとつやふたつではない。世に生きて、まったく無傷で理想的な人生を生きる人なんてひとりもいないだろうよ。けれども――怨霊になってはいけない」

『うるさい！』

顕光なのか早良親王の怨霊なのかもはやわからぬ。黒い炎に包まれ、角を生やした男がただただ暴れている。頼光に神剣を振るう隙を与えず、晴明に印を結ばせまいと激しく立ち回っていた。

だが、それも長くは続かなかった。

天空に守られながら大きく飛び退《の》いた晴明が、宣言した。

「早良親王よ。いましばらく眠られよ。藤原顕光どのの心と身体、返してもらう」

『何をッ』

顕光が吠《ほ》えた。

吉備真備の力を受けた晴明が刀印で五芒星《ごぼうせい》を切る。

「急急如律令ッ」

五芒星が顕光を打ち抜く。

顕光の身体がばたりと倒れた。

五芒星の光はまだ消えていない。そのなかに黒い炎に包まれた早良親王がはりつけにされたような格好で魂を封じられていた。

『動けんだと⁉』

「頼光どの！」と晴明が叫んだ。

応、と頼光が太刀を振りかぶって間合いを詰める。

「南無釈迦大如来。南無八幡《はちまん》大菩薩。いま一度、わが太刀を神剣に変じたまえ――怨霊退散ッ」

天からの豪雷とともに、はりつけられた早良親王の魂を、頼光が両断した。

視界が真っ白に灼《や》ける。

そのなかで地獄の奥底にたたき落とされる早良親王の姿が、かすかに見えたような気がした。

実資の目が元に戻ったときには、すべては終わっていた。

周囲の歌詠みや双六や蹴鞠、管弦の賑《にぎ》わいが耳を打つ。

竹の葉はただ風に揺れるだけ。

頼光は太刀を収め、晴明が印を解き、ふたりとも実資に笑いかけた。

天空と太裳は晴明の両脇を隙なく固めている。

実資は息を吐いた。

「顕光どのの血がついた簀子を、新しくしなければいけないな」

倒れている顕光の額に角はなかった。

かりそめの結び

九月九日の重陽《ちょうよう》の菊見の宴、十一日の神嘗祭《かんなめさい》の儀式と、藤原実資《ふじわらのさねすけ》にはめまぐるしい日々が慌ただしく過ぎていった。

「忙しそうだな」

と参内していた安倍晴明《あべのせいめい》が声をかけてきた。

「ああ。忙しい」と言った実資が突如、近くの空いている間に晴明を引っ張った。「おっと。忙しいのだが陰陽師《おんみょうじ》の晴明どのがご用とあらば、伺わないわけにはいかないな」

実資は晴明を言い訳にして、休憩を取ることにした。

どういうわけか、藤原顕光《あきみつ》が起こした早良《さわら》親王の怨霊《おんりょう》騒ぎは、周囲にはまったく聞こえもしなければ見えもしなかったらしい。そもそも目を覚ました顕光自身がまったく何も覚えていなかったのである。いつの間にか簀子《すのこ》が血で汚れていたのだけが、唯一、今回の騒ぎが現実にあったことを示しているだけで、それとて新しい簀子に替えてしまったいまではもう残っていない。

「あれから顕光どのは元に戻ってしまったしな」

と実資は嘆息した。

この場合の「元に戻った」とは、「無能に戻った」を意味する。

「よくも悪くも元どおりの内裏《だいり》に戻ったのさ」と晴明が言う。懐《ふところ》からやや小ぶりの干し柿を出した。「ひとつどうだ。六合《りくごう》が持たせてくれたのだ」

「おお。ありがたい」

とろけるような甘みに舌鼓を打ちながら、実資は先ほどの話の続きをする。

「早良親王の亡霊は確実にいたのだよな」

「いたな」

「けれども、一切合財が終わったときには、顕光どのは何も覚えていなかった」

「そうだな」

実資は干し柿の種を吐き出した。「要するに、また日記に書けないことが増えただけではないか」

「ふふ。そういうことになるな」

周囲で慌ただしく人が動いている。十三日には十三夜月見があるからだ。

「こうしてひと息ついてみると、いかに周りがばたばたしているかがわかるよ」

「だが、そのほうがよかろう。小人閑居して不善を為《な》す。暇だとろくでもないことを考える輩《やから》が出ないともかぎらぬし」

「蘆屋道満《あしやどうまん》もどきなんて、よく思いついたよな。あと、道長《みちなが》あたりも暇だとまたどこぞによき姫はいないかと悪い虫が騒ぎ出すやもしれぬ」

「ははは。元気な男だな」

すると実資は少し意地悪そうな笑みになった。

「ところがこれからは事情が変わるかもしれぬ」

「ふむ？」

「いよいよ北の方を迎えるらしいぞ」

「ほう。お相手は兼ねてから話があった源《みなもとのまさのぶ》雅信どのの姫か」

名を、源倫子《りんし》という。

「四日に正式に左京大夫《さきょうのだいぶ》となって、二十日にはいよいよ従三位《じゅさんみ》となるしな。向こうとも相思相愛のいい関係のようだぞ。夫婦仲がよいのは男が働くうえでも幸運につながろう」

晴明は軽く顎《あご》をそらして、しばらく黙っていたが、実資に目を戻すとにっこりと笑った。

「いま占《せん》してみた。これはよい巡り合わせのようだぞ」

実資はわがことのように相好を崩す。

「そうか、そうか」

「実資も、女王殿下をきちんとお守りしなければな」

晴明がそう言うと実資は、かくりと首を落とした。

「あんな事件があったが、いまではすっかり元気になられたのだが」

「よかったではないか。おぬしは命の恩人。会いに行けば喜んでもらえるだろう」

実資はため息を漏らした。

「だからこそ、俺が関《かか》わり合いを持っていいものかと思ってな」

「ふむ？」

「あの事件、もちろん女王殿下が帝の血筋だから狙われたのだろうが、数ある親王殿下や内親王殿下のなかで、なぜあの方だったのか。そう思ったときに、主たる狙《ねら》いは怨霊の復活だったのだろうけど、裏では俺を苦しめようという恨みもあったのではないかと思ったのさ」

早良親王と一体となった顕光は、実資を徹底して罵倒《ばとう》した。恨みと嫉妬《しっと》と憎しみが洪水のようにあふれていた。

呪《しゅ》とは嫉妬の別名でもあるのだ。

実資をいかに苦しめるかを考えれば、婉子《えんし》に行き着く可能性は高い。婉子と実資の関係くらい、内裏にいれば聞いたことがあったかもしれないのだから。

晴明は檜扇《ひおうぎ》を軽く開いて口元を隠した。

「なればこそ、妻として迎えてきちんと守ればいいではないか」

「俺は陰陽師ではない。ましてや源頼光《らいこう》どののような神剣の使い手でもないのだぞ？」

「まったく、この男は。謙虚なのはいいことだが、それで女王殿下をさみしがらせてどうするつもりだ」

「何か言ったか」

「何も言っていないぞ」

簀子を渡る男たちの声が聞こえた。

今日の顕光どのの公卿《くぎよう》会議、流会になったそうだ。一時、すさまじく有能だったようだが、狐《きつね》でも取り憑《つ》いていたのだろうか。狐もそれほど暇ではないだろう。悪い物でも食べただけかもしれぬな。

実資はその会話を複雑な気持ちで聞いていた。

「流会か。どれ、顕光どのにひと声かけてこようかな」

と実資が立ち上がる。

間を出ようとしたところで、殿上童《てんじようわらわ》が実資の名を呼んで回っているのが聞こえた。

「実資、探されているようではないか。噂《うわさ》では十一月にまた蔵人頭《くろうどのとう》となって、頭中将《とうのちゆうじよう》に戻るのではと聞いたぞ」

「はは。そんな話もあるようだな」

「私の占でも同じように出ている。――行ってこい。顕光どののところは私が見てくる」

「頼む」

実資は簀子に出ると、自分を探している殿上童を呼んだ。

清涼殿《せいりようでん》の殿上の間で、顕光がまだ端座していた。

ため息をついている。

いつぞやのように鬼気迫るものはない。

顕光どの、と晴明が声をかけると、顕光が眉《まゆ》が垂れてやや泣き顔のように見える笑顔で振り向いた。

「ああ。これはこれは。晴明どの」

「本日の公卿会議は流会だそうで」

「私が持ち回りのまとめ役のときはしょっちゅうだ。はは。お恥ずかしい」

「いえいえ」

素朴に自嘲《じちよう》する顕光。陰謀を口にしていたときや清涼殿で早良親王を降ろしたときのような禍々《まがまが》しい気配は微塵《みじん》もなかった。

「顕光どのにお伺いしたいことがあるのですが、よろしいでしょうか」

「ええ。私などで答えられることなら」

「先日、清涼殿で倒れていたときのことは、何か思い出されましたか」

と晴明があらためて尋ねると、顕光はますます泣き笑いめいた顔になって頭をかいた。

「それがさっぱり。……いろいろ迷惑をかけたのだろうな」

晴明は閉じたままの檜扇を顎に当てる。

「いまのお言葉——嘘《うそ》ですね？」

晴明が断言すると、顕光の動きが一瞬止まった。だが、次の瞬間には声に出して笑っている。

「はっはっは。ひどいことを言う」

「いいえ。ひどいのは顕光どののほうです」

「……………」

顕光は笑顔のまま沈黙した。

「というよりも、最初から最後まで顕光どのは自分の意志で怨霊を呼び寄せようとしていましたね？」

「怨霊？　何と恐ろしい。何か証拠でもあるのかね？」

「先日の清涼殿での一件の折、たしかに怨霊はいました。しかし、怨霊としての言葉と顕光どのとしての言葉がどうも入り混じっていたように思うのです」

「何を言っているのかさっぱりだ」

顕光は笑顔のままだ。

「おかしなところはまだまだあります」

「流会で身体《からだ》も空いてしまったし、少し付き合ってやろうか」

晴明が片頬《かたほお》を崩して、続ける。

「実資を見失った鬼の化け物が顕光どのの邸《やしき》に帰っていくのを私の式が見たとき、式はこう報告したのです。天井に潜んだ鬼の化け物は、顕光どのにありもしない妄想の歴史を吹き込んでいた、と」

「ふむ？」

「ところが私たちが顕光どのの邸に行ってみれば、そのようなことは一切なく、顕光どのは『万葉集』を読んでおられた」

「たしかに読んでいた」

「だからおかしいと思ったのです。もし鬼の化け物に操られているなら、そのまま鬼の化け物の言葉を聞き続けていていいのです。それが急に『万葉集』。まるでわれらに真の姿を見せまいと取り繕っているようです」

「…………」

「そのときに確信しました。あなたは鬼の化け物に操られているのではなく、鬼の化け物どもを自分の意志で操っているのだ、と」

だから、鬼の説く奇怪な話を途中で切り上げさせて、実資や晴明らを出迎えることができたのだ。

相変わらず顕光は人のよい笑顔のままだ。

「それでは私が呪術を使える者のようではないか」

「お使いになれるのでしょう？　円融院中宮《えんゆういんちゅうぐう》さまの雨乞《あまご》いの仏事の日にちを変えようとしたそうですが、あなたがうっかり言い間違えた日にちは、願かけには大凶の日でしたよ？」

晴明は逃がさない。

「私がそんなことができたら、どんなに出世に有利か」

「あなたは現世で自分が成功者になれないから、呪術に逃げ込んだのですね？」

「……仮に私が呪を使えるとして、怨霊を呼び覚ませるほどの呪、どこで学ぶのかね」

「蘆屋道満どのなら知っているかもしれませんね」

「蘆屋道満？　死んだという人間からどうやって聞き出すというのかね」

晴明は檜扇を顎から離して軽く開き、口元を隠した。

「どうして蘆屋道満どのが死んだとご存じなのですか」

「…………っ」

「蘆屋道満の死の可能性についてあなたのまえで触れたのは、清涼殿の事件で実資が道満どのについて語ったときだけです」

そもそも晴明と道満の対決自体、知っている者は数少ない。実資と道長と頼光、あとは陰陽寮《おんようりょう》に数名程度。そのなかに顕光に好意的でそのような話を漏らす人間がいるとは、残念ながら思えない。

「……少しおしゃべりなのが私の欠点かな」

「あと、あれこれ気を回しすぎるのも、でしょうね」

顕光は笑っている。

「とはいえ、証拠となる品物があるわけでもなし。私は何も知らないな」

晴明は檜扇を音高く閉じた。

「知らなくて結構です。いまから言うことを覚えていてくだされば」

「何？」

晴明がかすかに顕光に顔を近づけた。

「どうぞこのままでいてください。無能と言われようと何と言われようと、怨霊などに手を出さず、ときどきする辻占《つじうら》程度で満足して黙っていてください」

「……年のせいか、物忘れがときどきあってな」

「もしいま申し上げましたことをお忘れになって呪を悪用するようなことがあれば、再び三たび、私はあなたを潰《つぶ》します」

月見の準備の声がかすかに聞こえる。

壁際の几帳《きちょう》を風が揺らした。

「中納言に対してなかなか言うねえ」

「お気に障りましたらご寛恕《かんじょ》を。神仏と帝《みかど》に仕えるのが陰陽師というものですので」

「一応、覚えておく努力はしよう」

晴明は秋空のように晴れ晴れと微笑《ほほえ》んで頭を下げると立ち上がった。

静かに間を出ていこうとして立ち止まり、振り向く。

「ひとつ言い忘れていました。私自身は、蘆屋道満が死んだとはただの一度も言っていません。どこにいるのでしょうね」

晴明は穏やかに、しかし鋭く呪のごとき言葉を放った。

顕光はまだ笑っている。

「奇遇だな。私も本当は蘆屋道満という陰陽師は生きていると思っている。どこぞの公卿にでもかくまわれているのではないか」

晴明は軽く頭を下げて踵《きびす》を返した。

そのせいで晴明の耳には届かなかった。

朕《ちん》は必ず帰ってくる、と呟《つぶや》いた顕光の声が。

……これが藤原顕光——のちに「悪霊左府《さふ》」と呼ばれることになる男が、安倍晴明につきつけた挑戦の台詞《せりふ》だった。

Haruki Bunko
ハルキ文庫

え 6-3

晴明《せいめい》の事件帖《じけんちょう》 頼光《らいこう》の剣《けん》と悪霊左府《あくりょうさふ》

著者 遠藤《えんどう》 遼《りょう》

2022年9月18日第一刷発行

発行者 角川春樹

発行所 株式会社角川春樹事務所
〒102-0074 東京都千代田区九段南2-1-30 イタリア文化会館

電話 03(3263)5247(編集)
03(3263)5881(営業)

印刷・製本 中央精版印刷株式会社

フォーマット・デザイン 芦澤泰偉
表紙イラストレーション 門坂 流

ISBN978-4-7584-4515-3 C0193 ©2022 Endo Ryo Printed in Japan
http://www.kadokawaharuki.co.jp/[営業]
fanmail@kadokawaharuki.co.jp[編集] ご意見・ご感想をお寄せください。